Fabien Toulmé

Suzette
ou le grand amour

Couleur :

Fabien Toulmé et Philippe Ory

DELCOURT / MIRAGES

MERCI, MA PUCE.

MAIS SIMONE S'EST PROPOSÉE.

ET PUIS, ÇA VOUS ÉVITERA UN DÉTOUR.

TU ES SÛRE ? ÇA NE NOUS DÉRANGE PAS.

VRAIMENT.

OUI, OUI, NE T'INQUIÈTE PAS.

DEMAIN J'AI PAS MAL DE BOULOT AU MAGASIN, MAIS JE PASSE TE VOIR DIMANCHE, D'ACCORD ?

OUI, SI TU VEUX.

TU ES MIGNONNE.

AU REVOIR, HUGO.

À BIENTÔT, SUZETTE.

À DIMANCHE, MA PRINCESSE.

À DIMANCHE, MAMOUN.

ÇA VA ALLER, MA GRANDE ?

•••

JE CROIS.

ET TOI ? ÇA VA ALLER ?

OUI, NE T'INQUIÈTE PAS.

JE N'ARRIVE MÊME PAS À ÊTRE TRISTE.

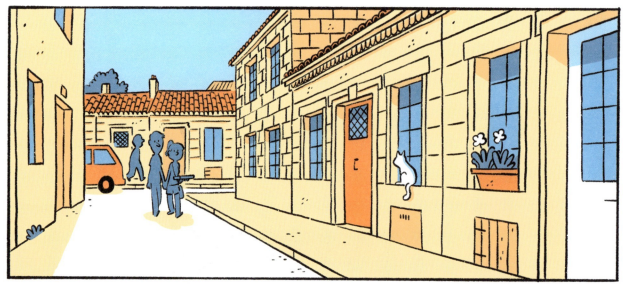

DING! DONG!

BONJOUR, MES ENFANTS !

BONJOUR, MAMOUN !

TIENS, ON T'A APPORTÉ TES CHOCOLATS PRÉFÉRÉS.

OH, C'EST GENTIL, MAIS IL NE FALLAIT PAS.

BEN SI, COMME ÇA JE PEUX EN MANGER AUSSI.

TU AVAIS QUEL ÂGE ?

5 OU 6 ANS, JE DIRAIS.

ON ÉTAIT ALLÉS À LA FÊTE FORAINE.

JUSTE APRÈS CE MOMENT, MA GLACE ÉTAIT TOMBÉE SUR LA TÊTE DE PAPOU, HAHA !

11

NON, MAIS JE TROUVE ÇA BEAU, VOTRE RELATION.

VOUS ÊTES TRÈS PROCHES.

MOI, J'AI PRESQUE PAS CONNU MES GRANDS-PARENTS.

J'AI PAS DE SOUVENIRS MARQUANTS, EN TOUT CAS.

JE PENSE QUE LA SÉPARATION DES PARENTS DE NOÉMIE QUAND ELLE ÉTAIT PETITE NOUS A BEAUCOUP RAPPROCHÉES.

QUAND SON PAPA EST PARTI HABITER DANS LE NORD, HÉLÈNE S'EST RETROUVÉE TOUTE SEULE À S'OCCUPER DE NOÉMIE ET AVEC SON MÉTIER D'INFIRMIÈRE, C'ÉTAIT COMPLIQUÉ.

ELLE TRAVAILLAIT BEAUCOUP LE WEEK-END, PARFOIS LA NUIT.

ALORS ON GARDAIT SOUVENT NOÉMIE.

VOUS ÉTIEZ TRÈS COMPLICES.

ET JE SUIS SÛRE QUE SI TU ES FLEURISTE AUJOURD'HUI, BERNARD Y EST POUR BEAUCOUP.

OUI, IL ADORAIT SON JARDIN.

C'EST VRAI QU'À CHAQUE FOIS QUE JE VENAIS ICI, IL Y ÉTAIT.

D'AILLEURS, JE NE SAIS PAS COMMENT JE VAIS M'EN OCCUPER, MAINTENANT QU'IL N'EST PLUS LÀ.

ON VA VOUS AIDER, SUZETTE.

OUI, SURTOUT TOI, HAHA !

QUOI ? JE SUIS TRÈS DOUÉ POUR LE JARDINAGE. OUI, MADAME !

ON T'AIDERA, MAMOUN.

AU FAIT, POURQUOI QUAND ON S'EST QUITTÉS, AU CIMETIÈRE, TU AS DIT QUE TU N'ARRIVAIS PAS À ÊTRE TRISTE ?

ÇA M'A BEAUCOUP TRAVAILLÉE, CETTE PHRASE.

AH, MA CHÉRIE...

C'EST COMPLIQUÉ.

AH ! ON A FINI LES CHOCOLATS !

SI VOUS ÊTES ENCORE UN PEU TRISTES, JE CROIS QUE J'EN AI D'AUTRES.

ÇA IRA, ON VA Y ALLER.

IL EST DÉJÀ TARD, ET ON DOIT PASSER CHEZ IKEA ACHETER QUELQUES BRICOLES POUR L'APPART.

D'AILLEURS, JE RENTRE. J'AI RENDEZ-VOUS AVEC UN DE MES AMOUREUX POUR « TCHATER ».

À BIENTÔT.

AH, CELLE-LÀ, C'EST UN PHÉNOMÈNE.

ET ELLE N'A QU'UN AN DE MOINS QUE MOI !

ALLEZ, FILEZ, LES ENFANTS, AVANT QUE LE MAGASIN NE FERME.

JE M'EN VOUDRAIS DE VOUS LAISSER UNE SEMAINE DE PLUS DANS VOTRE APPARTEMENT VIDE.

PAS VIDE. ON A UN CLIC-CLAC.

HIHI, C'EST VRAI.

AU REVOIR, MAMOUN.

J'ESSAIE DE PASSER DANS LA SEMAINE.

AU REZ-DE CHAUSSÉE

IL RENDRAIT BIEN DANS NOTRE SALLE DE BAIN CE MIROIR, NON ?

EUH... NOÉ.

VU QU'ON A UN BUDGET SERRÉ, JE PRÉFÉRERAIS ÊTRE PLUS PRAGMATIQUE ET ACHETER DES CHOSES VRAIMENT UTILES, COMME...

DES ÉTAGÈRES !

ET PUIS, UNE TABLE, DES CHAISES.

COMME ÇA, ON N'AURAIT PLUS À MANGER PAR TERRE.

POUR LE MIROIR, ON VERRA PLUS TARD, NON ?

MOUAIS, TU AS RAISON.

OU SINON, CELUI-LÀ.

OUI, C'EST MIEUX.

POUF !

EN PLUS, IL EST BIEN CONFORTABLE.

AH OUI ?

T'AURAS PLUS DE PROBLÈMES DE DOS, ALORS.

JE PEUX VOUS AIDER ?

JE TIENS À SOULIGNER L'EXCELLENTE AMBIANCE DANS LAQUELLE S'EST DÉROULÉE CETTE PETITE SESSION COURSES.

BEN OUI, POURQUOI ?

ON A L'HABITUDE DE SE DISPUTER ?

NON, MAIS J'AI LU QUE FAIRE SES COURSES CHEZ IKEA AVEC SON OU SA CHÉRIE ENTRAÎNAIT BEAUCOUP DE DISPUTES.

ET MÊME DE DIVORCES.

PARCE QU'EN FAIT, ÇA MET À L'ÉPREUVE LES RELATIONS QUE TU AS AVEC TON PARTENAIRE.

ET ÇA TE PROJETTE DANS LA CONSTRUCTION DE TON COUPLE.

LES TOUT PETITS DÉSACCORDS QUE TU PEUX AVOIR SUR L'ACHAT DE TEL OU TEL MEUBLE GÉNÈRENT UNE QUESTION BEAUCOUP PLUS EXISTENTIELLE.

EST-ON FAITS POUR VIVRE ENSEMBLE ?

AH OUI ?

BIP !

MAIS LE PIRE EN TERME DE DISPUTE, C'EST LE MONTAGE DES MEUBLES.

ON COMMENCE À SE DISPUTER À CAUSE D'UNE PLANCHE À L'ENVERS, DE QUI DOIT COMMANDER LES OPÉRATIONS...

ET ON FINIT PAR PARLER DE SES PARENTS ET DE SES FUTURS ENFANTS.

ALORS ATTENDONS LE MONTAGE DES MEUBLES AVANT DE NOUS RÉJOUIR.

T'AS RAISON.

MAIS JE SUIS ASSEZ CONFIANT.

CLAC !

LE PROCHAIN APPART' DANS LEQUEL ON S'INSTALLE, ON LE CHOISIT AVEC ASCENSEUR.

JE SUIS VANNÉE.

PAREIL.

ÇA TE FAIT PAS BIZARRE DE TE DIRE QU'ON N'EST PLUS JUSTE DES AMOUREUX AVEC CHACUN SA VIE DE SON CÔTÉ, MAIS QUE MAINTENANT ON EST UN PEU UNE FAMILLE.

OH LÀ ! TOUT DOUX, MADAME LASSÈNE.

N'ALLONS PAS TROP VITE, S'IL VOUS PLAÎT.

NON, MAIS JE SUIS PAS EN TRAIN DE TE DIRE QU'ON VA SE MARIER, AVOIR DES ENFANTS ET OUVRIR UN « PEL » MAIS TU VOIS L'IDÉE.

OUI, JE COMPRENDS.

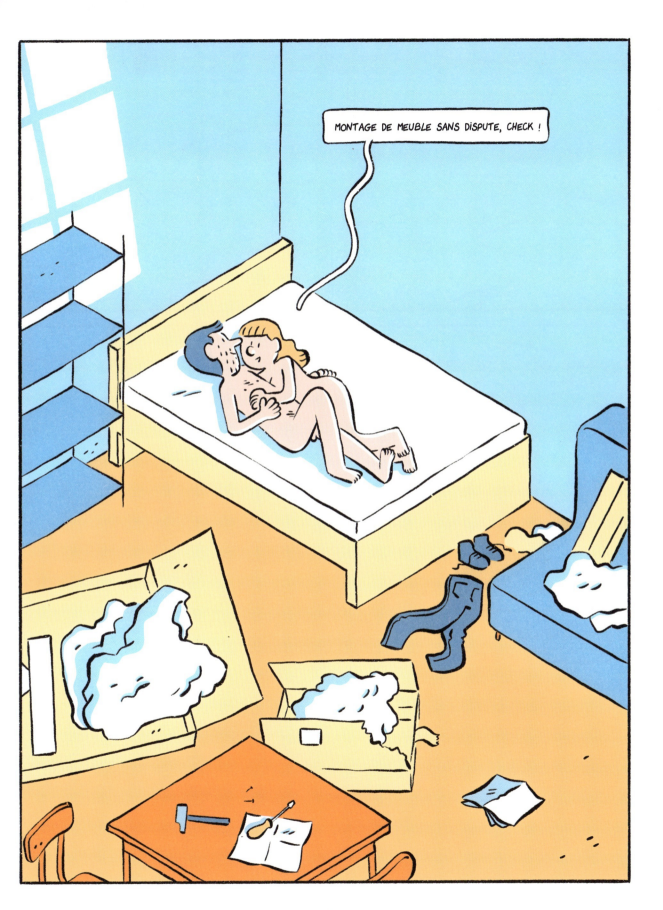

JE CROIS POUVOIR DIRE, EN TANT QU'EXPERT DE LA VIE, QU'ON EST FAITS L'UN POUR L'AUTRE.

ATTENDS !

QUOI ?

FAUT QUE JE ME LÈVE.

ON N'A PAS RETIRÉ LE PLASTIQUE DU MATELAS ET ÇA ME COLLE LE DOS.

ELLE ARRÊTE PAS, À CE QUE JE VOIS.

AH, ÇA !

ALORS, COMMENT TU VAS ?

MA FOI, PLUTÔT BIEN.

ON SE TIENT PAS MAL COMPAGNIE AVEC SIMONE, MAINTENANT.

MÊME SI ELLE EST DE PLUS EN PLUS PRISE AVEC TOUS SES AMOUREUX.

ENFIN...

C'EST BIEN. JE VOIS QUE TU T'OCCUPES DU JARDIN.

J'ESSAYE.

MÊME SI J'Y CONNAIS PAS GRAND-CHOSE.

À CETTE SAISON, ÇA POUSSE DANS TOUS LES SENS ET ÇA ME FERAIT DE LA PEINE DE VOIR LE JARDIN À L'ABANDON APRÈS LE TEMPS QU'Y PASSAIT BERNARD.

J'AURAIS L'IMPRESSION DE LE TRAHIR.

JE CROIS QUE MAINTENANT QUE PAPOU EST PARTI, IL FAUT QUE TU PENSES À TOI, SURTOUT.

JE VAIS M'OCCUPER UN PEU DU JARDIN.

ET MOI JE VAIS TE PRÉPARER UN BON JUS D'ORANGE.

ALORS ?

TU RESTES POUR MANGER ?

OUI.

HUGO EST SORTI AVEC DES COPAINS.

JE PENSE QU'IL MANGERA DEHORS.

S'IL MANGE...

DES ROGNONS, ÇA TE VA ?

T'ES SÛRE ?

MAIS NON ! JE TE CONNAIS, MA PETITE CHÉRIE.

JE VAIS TE FAIRE UNE BONNE OMELETTE AU JAMBON.

UN PEU DE VIN ROUGE ?

ÇA ME PARAÎT PAS MAL, COMME IDÉE.

BOUGE PAS, JE VAIS CHERCHER ÇA.

JE PEUX PRENDRE QUOI ?

CE QUE TU VEUX, MA CHÉRIE.

C'ÉTAIT LE VIN DE BERNARD. MOI, J'Y CONNAIS RIEN.

D'AILLEURS, SI TU VEUX EN EMPORTER POUR CHEZ TOI...

AVEC PLAISIR...

MAIS J'Y CONNAIS PAS GRAND-CHOSE NON PLUS.

ESSAYONS CELUI-LÀ, L'ÉTIQUETTE EST SYMPA.

LA BARRIQUE

À PAPOU !

À BERNARD !

TING !

ÇA VA UN PEU MIEUX, MA PUCE ?

IL ME MANQUE BEAUCOUP.

MAIS C'EST SANS DOUTE POUR TOI QUE C'EST LE PLUS DIFFICILE.

HUM, QU'EST-CE QUE T'EN DIS ?

IL EST PAS MAL, NON ?

OH, TU SAIS, MOI TANT QUE C'EST PAS DU VINAIGRE, JE TROUVE ÇA « PAS MAL ».

HAHA! HAHA!

JE SUIS SÛRE QU'IL PLAÎT À SIMONE.

POTENTIELLEMENT, TOUT CE QUI PORTE DU POIL AU MENTON PLAÎT À SIMONE, EN CE MOMENT.

ELLE FAIT DU GRINGUE À UN JEUNE KINÉ QUI VIENT LUI FAIRE DES SOINS DEUX FOIS PAR SEMAINE.

LE PAUVRE, IL SORT À PEINE DES ÉTUDES, IL DOIT ÊTRE TRAUMATISÉ.

OH, TU SAIS, ÇA L'INTÉRESSE PEUT-ÊTRE.

JUSTE AVANT DE SORTIR AVEC HUGO, J'AI FLIRTÉ AVEC UN HOMME QUI AVAIT LA QUARANTAINE.

AH BON ?

TU NE M'EN AVAIS JAMAIS PARLÉ.

JE ME DISAIS QUE TU POURRAIS PAS T'EMPÊCHER DE LE RACONTER À MAMAN.

ET TOI ? AVANT PAPOU, TU N'AS JAMAIS EU D'HISTOIRE AVEC UN HOMME PLUS ÂGÉ ?

TU SAIS, ÇA ME GÊNE UN PEU DE PARLER DE ÇA.

POUR LES GENS DE MA GÉNÉRATION, ÇA NE SE FAIT PAS TROP DE PARLER SI LIBREMENT DE SES RELATIONS.

VOUS, DÈS L'ÉCOLE VOUS AVEZ DES COURS SUR LA REPRODUCTION, LA CONTRACEPTION.

À MON ÉPOQUE, TOUT ÉTAIT TRÈS TABOU.

ON NE NOUS EXPLIQUAIT RIEN ET ON N'AVAIT PAS NON PLUS LES MOYENS DE S'INFORMER SUR CES CHOSES-LÀ.

BEN ALORS, COMMENT TU AS FAIT ?

J'AI DÉCOUVERT AU FUR ET À MESURE AVEC BERNARD.

RACONTE-MOI COMMENT VOUS VOUS ÊTES RENCONTRÉS.

J'AVAIS 25 ANS...

ET À CETTE ÉPOQUE, C'ÉTAIT UN PEU L'ÂGE LIMITE POUR SE MARIER.

ON NOUS ÉDUQUAIT COMME ÇA : DEVENIR UNE BONNE FEMME, UNE BONNE MAÎTRESSE DE MAISON, UNE BONNE MÈRE.

ÊTRE BONNE POUR LES AUTRES SANS PENSER À SOI.

ET DONC, IL ÉTAIT IMPENSABLE POUR MES PARENTS QUE JE RESTE SANS MARI.

MON PÈRE, QUI ÉTAIT COMMERÇANT, AVAIT UN CLIENT QUI AVAIT UNE BONNE SITUATION ET DONT LE FILS N'ÉTAIT PAS ENCORE MARIÉ.

CE FILS, C'ÉTAIT BERNARD, ET IL AVAIT 29 ANS.

ON NOUS A FAIT NOUS RENCONTRER DANS *LEUR* JOLIE MAISON DU BASSIN D'ARCACHON AU COURS D'UN PIQUE-NIQUE EN FAMILLE.

JE DOIS AVOUER QUE JE N'ÉTAIS PAS TRÈS À L'AISE.

JE NE LE TROUVAIS PAS TRÈS BEAU POUR TOUT TE DIRE, MAIS IL AVAIT L'AIR TRÈS GENTIL.

ET ÇA M'A RASSURÉE.

QUELQUES MOIS PLUS TARD, ON A FINI PAR SE MARIER.

ET POURQUOI TU AS DIT QUE TU N'ARRIVAIS PAS À ÊTRE TRISTE, APRÈS L'ENTERREMENT ?

ÇA NE SERT À RIEN DE TE RACONTER TOUT ÇA, MA BELLE.

ÇA NE VA PAS T'AVANCER À GRAND-CHOSE.

C'EST DU PASSÉ, MAINTENANT.

S'IL TE PLAÎT, C'EST IMPORTANT, POUR MOI.

BERNARD A ÉTÉ UN TRÈS BON PAPY, UN SUPER PAPA.

MAIS UN MARI AVEC QUI LA VIE N'A PAS ÉTÉ DE TOUT REPOS.

AH BON ?

POURTANT, JE N'AI RIEN REMARQUÉ.

J'AI TOUJOURS EU L'IMPRESSION QUE VOUS ÉTIEZ BIEN ENSEMBLE.

CRAC!

CRAC!

CHHH

SALUT, MAMOUN.

AAAH!

CHHH

TU M'AS FAIT PEUR.

PARDON.

HOULÀ, TOI TU N'AS PAS BIEN DORMI.

BOF.

VA T'ASSEOIR, JE TE SERS UN PETIT CAFÉ ET JE TE PRÉPARE DES TARTINES AU BEURRE ET AU NESQUIK, COMME QUAND TU ÉTAIS PETITE.

MERCIiiiI !

NE ME GÂTE PAS TROP, SINON JE VAIS DORMIR ICI TOUS LES SOIRS.

AVEC PLAISIR.

C'EST À CAUSE DE CE QUE J'AI RACONTÉ HIER SOIR QUE TU N'AS PAS BIEN DORMI ?

NON.

ENFIN, OUI.

DISONS QUE ÇA M'A FAIT BEAUCOUP RÉFLÉCHIR ET J'AI BESOIN QUE TU M'EN DISES PLUS.

PARCE QUE, LÀ, JE NE SAIS PLUS QUOI PENSER DE PAPOU.

SI ÇA SE TROUVE, JE ME FAIS DES FILMS MAIS JE ME DIS QUE, PEUT-ÊTRE, IL A FAIT DES TRUCS PAS BIEN.

OU ALORS...

MAIS NON, NOÉMIE.

TON PAPOU ÉTAIT UN EXCELLENT GRAND-PÈRE.

TOUT CE QUE JE T'AI DIT NE DOIT PAS CHANGER LE SOUVENIR QUE TU EN AS...

RACONTE-MOI, S'IL TE PLAÎT.

C'ÉTAIT QUELQU'UN DE TRÈS GENTIL, MAIS IL ÉTAIT MEILLEUR GRAND-PÈRE QU'ÉPOUX.

POUR ÊTRE PLUS PRÉCISE, DISONS QU'IL AVAIT DU MAL À N'ÊTRE QU'AVEC MOI...

ALORS IL ALLAIT SOUVENT VOIR AILLEURS.

POUR LUI, J'IMAGINE QUE J'ÉTAIS TROP SAGE.

ALORS LÀ, JE SUIS SUR LE C...

PARDON.

SUR LES FESSES.

JE SUIS D'UNE AUTRE ÉPOQUE, MAIS TU PEUX QUAND MÊME DIRE LE MOT « CUL » DEVANT MOI.

JE NE SERAI PAS CHOQUÉE.

COMME JE TE L'AI DIT, POUR MOI, VOUS ÉTIEZ UNE ESPÈCE DE COUPLE IDÉAL.

MARIÉS DEPUIS PRESQUE 60 ANS !

IL N'Y A PAS DE COUPLE IDÉAL, MA CHÉRIE.

CHAQUE COUPLE ESSAIE DE SE CONSTRUIRE AU MIEUX.

MAIS ALORS POURQUOI TU NE L'AS PAS QUITTÉ SI TU N'ÉTAIS PAS BIEN DANS TON COUPLE ?

POUR LES GENS DE MA GÉNÉRATION ÇA NE SE FAISAIT PAS DU TOUT.

LES FILLES ÉTAIENT ÉLEVÉES POUR PENSER À LEUR MARI, À LEUR FAMILLE AVANT DE PENSER À ELLES.

ET TOI, TU ALLAIS VOIR AILLEURS AUSSI ?

HIHI, NON, MA PUCE.

JE N'AURAIS JAMAIS OSÉ.

TU REPRENDRAS DU CAFÉ ?

OUI, JE VEUX BIEN.

JE ME DISAIS QUE SI ÇA SE SAVAIT, IL ME QUITTERAIT.

JE NE TRAVAILLAIS PAS. ALORS JE NE SAIS PAS COMMENT J'AURAIS PU M'EN SORTIR.

MAIS, TU REGRETTES DE T'ÊTRE MARIÉE AVEC PAPOU ?

JE ME SUIS SOUVENT POSÉ LA QUESTION.

DU MOINS, AU DÉBUT.

ET PUIS J'EN SUIS ARRIVÉE À ME DIRE QUE SANS BERNARD, JE N'AURAIS PAS EU HÉLÈNE.

ET PAS TOI NON PLUS.

ALORS, NON, JE NE REGRETTE PAS.

TIENS.

MERCI.

JE PEUX TE POSER UNE QUESTION ?

PROFITES-EN.

TU T'IMAGINERAIS RETOMBER AMOUREUSE MAINTENANT ?

SI TU VEUX, JE PEUX TE PRÉSENTER MON PATRON, MONSIEUR TRÉPAUD.

IL EST PLUTÔT BEL HOMME ET JE CROIS QU'IL EST CÉLIBATAIRE.

OH, NON ! HIHI !

CE N'EST PLUS DE MON ÂGE.

MAIS IL N'Y A PAS D'ÂGE POUR ÊTRE AMOUREUSE.

REGARDE SIMONE.

DISONS QUE C'EST UNE QUESTION D'ÉTAT D'ESPRIT.

JE SUIS RESTÉE TELLEMENT LONGTEMPS AVEC BERNARD QUE MÊME S'IL EST PARTI, J'AI TOUJOURS L'IMPRESSION QUE JE DOIS RESTER AVEC LUI.

MAIS TU AIMAIS PAPOU ?

C'EST PLUS COMPLIQUÉ QUE ÇA.

EN FAIT, JE CROIS QUE JE N'AI JAMAIS ÉTÉ AMOUREUSE.

OU SI, UNE FOIS.

IL S'APPELAIT FRANCESCO.

66

FRCH
FRCH

LAISSE, NOÉMIE.

IL EST TARD ET TU AS BEAUCOUP TRAVAILLÉ CES DERNIERS JOURS.

JE M'EN OCCUPERAI.

AH !? BEN MERCI, MONSIEUR TRÉPAUD.

BIP!
BIP!

BONNE SOIRÉE.

BONNE SOIRÉE, JEUNE FILLE. À DEMAIN.

70

DONC, IL Y A JULES QUI REVIENT DE SON STAGE EN ALLEMAGNE ET ON SE DISAIT QU'ON POURRAIT ALLER MANGER UN TRUC POUR FÊTER ÇA.

ON Y VA TOUS LES DEUX ?

JE SUIS MORTE, HUGO.

TU VEUX PAS QU'ON PASSE UNE SOIRÉE TRANQUILLE RIEN QUE TOI ET MOI ?

C'EST PAS SI SOUVENT, CES DERNIERS TEMPS.

ON S'OUVRE UNE PETITE BOUTEILLE.

ON SE FAIT COULER UN BAIN.

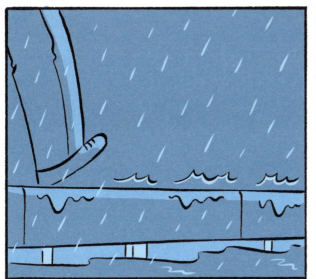

FRANCHEMENT, C'EST PAS TRÈS COOL.

SURTOUT POUR JULES.

ON SE DIT QU'ON VA TOUS SE RETROUVER, PASSER UNE SUPER SOIRÉE POUR FÊTER SON RETOUR ET TU ME FAIS RENTRER À 11 HEURES.

ET TU TE POSES LA QUESTION DE SAVOIR SI C'EST COOL POUR MOI ?

JE ME LÈVE TOUS LES JOURS À 6 HEURES ET DEMIE POUR ALLER BOSSER.

TOI, T'ES ÉTUDIANT. ET TU VAS EN COURS UNE FOIS SUR DEUX.

MOI, J'AI UN BOULOT DE TARÉE, JE RENTRE, JE SUIS VANNÉE ET TU ME DEMANDES DE T'ACCOMPAGNER.

ALORS, DÉJÀ, TU TE LÈVES PAS TOUS LES JOURS, PARCE QUE TU BOSSES PAS LE DIMANCHE ET LE LUNDI.

ENSUITE, JE SUIS ÉTUDIANT. ÇA VEUT PAS DIRE QUE JE BOSSE PAS QUAND JE SUIS PAS EN COURS.

C'EST JUSTE QU'ON A UN RYTHME DIFFÉRENT.

ET PUIS, JE T'AI OBLIGÉE À RIEN...

TU POUVAIS TRÈS BIEN RESTER À L'APPART'.

JE T'AI JUSTE DIT QUE ÇA ME FERAIT PLAISIR QUE TU VIENNES.

MAIS MOI, CE QUI ME FAIT PLAISIR, C'EST D'ÊTRE AVEC TOI.

ET CES DERNIERS TEMPS, ON PASSE QUAND MÊME ASSEZ PEU DE TEMPS ENSEMBLE.

UN COUP, TU RÉVISES TES PARTIELS, UN COUP, TU VAS AVEC TES POTES.

ET MOI, JE FAIS LE BOUCHE-TROU.

ET VOILÀ ! TOUT CE QUE J'ADORE !!

MADAME FAIT SA JALOUSE.

GRMPF

VRRR

URBAN Coiffure

79

TIENS !

C'EST PEUT-ETRE CE DONT TU AS BESOIN MAINTENANT.

UN ROULEAU À PÂTISSERIE.

QU'EST-CE QUE T'ES CON...

EN PLUS, C'EST DE LA MAUVAISE QUALITÉ.

J'AURAIS TROP PEUR DE LE CASSER EN TE TAPANT AVEC.

DING

BONJOUR, NOÉMIE.

BONJOUR, MONSIEUR TRÉPAUD.

HOULÀ, PETITE FORME, CE MATIN.

ON A FAIT LA FÊTE, C'EST ÇA ?

MÊME PAS...

ALLEZ ! COURAGE !

ET SI VOUS VOULEZ PARTIR UN PEU PLUS TÔT, PAS DE SOUCI.

JE CROIS QUE VOUS AVEZ PAS MAL D'HEURES SUP' À RATTRAPER.

MERCI, MONSIEUR TRÉPAUD, JE CROIS QUE JE VAIS ACCEPTER LA PROPOSITION.

COMME ÇA, JE POURRAI FAIRE UNE PETITE SIESTE.

EXCELLENTE IDÉE ! IL PARAÎT QUE ÇA ALLONGE L'ESPÉRANCE DE VIE.

ALORS, DANS CE CAS...

ALLEZ, EN ATTENDANT, AU BOULOT !

CLAP CLAP

À VOS ORDRES, MON COMMANDANT !

À DEMAIN, MONSIEUR TRÉPAUD.

ET MERCI !

BONNE SIESTE, JEUNE FILLE.

BIP BIP

TILILI

Le bonheur en fleurs

SALUT, MAMOUN.

QUOI DE NEUF ?

ZZZZ

BONJOUR, MA PETITE-FILLE, JE TE DÉRANGE PAS ?

BEN NON, JAMAIS.

CLIC?

ET EN PLUS, EXCEPTIONNELLEMENT, MON PATRON M'A DONNÉ MON APRÈS-MIDI.

AH ! TU PENSES QUE TU POURRAIS M'ACCOMPAGNER ? J'AI UN RENDEZ-VOUS CHEZ LE MÉDECIN À 15 HEURES.

J'AVAIS IMAGINÉ Y ALLER EN TRAM, MAIS LA LIGNE EST FERMÉE ENTRE MUSÉE D'AQUITAINE ET QUINCONCES.

OUI, BIEN SÛR !

JE TE RÉCUPÈRE CHEZ TOI DANS 20 MINUTES ?

ON SERA PEUT-ÊTRE UN PEU EN AVANCE MAIS ÇA NOUS LAISSERA DU TEMPS POUR PAPOTER.

OUI, TRÈS BIEN !

À TOUT À L'HEURE, ET MERCI, MA PUCE.

PAS DE QUOI, MA GRAND-MÈRE CHÉRIE.

BON, BAH CE SERA PAS POUR CETTE FOIS, LA SIESTE.

VRRRR

TIENS, REGARDE.

C'EST LUI ? C'EST FRANCESCO ?

OUI.

WOUAH ! IL EST CANON !

IL EST BEAU GARÇON, HEIN ?

IL A DE BEAUX YEUX.

ET ON LE VOIT PAS SUR LA PHOTO, MAIS IL A AUSSI DE BELLES FESSES.

HAHA, CELLE-LÀ, JE NE M'Y ATTENDAIS PAS !

ALORS, RACONTE-MOI.

C'EST QUI, CE BEL HOMME ?

DEUX ANS AVANT DE RENCONTRER BERNARD, JE SUIS PARTIE COMME JEUNE FILLE AU PAIR EN ITALIE.

J'AVAIS 23 ANS.

VRRRR

J'ALLAIS TRAVAILLER POUR LES BENEDETTI, UNE RICHE FAMILLE QUI PASSAIT SES ÉTÉS DANS LEUR MAISON SUR LA CÔTE GÊNOISE, À CÔTÉ DE PORTOFINO.

ILS AVAIENT BESOIN DE QUELQU'UN POUR S'OCCUPER DE LA PETITE DERNIÈRE.

EMILIA, ELLE S'APPELAIT.

AU COURS DE L'ÉTÉ, LE PLUS JEUNE FILS DE LA FAMILLE EST VENU PASSER QUELQUES JOURS DANS CETTE GRANDE MAISON.

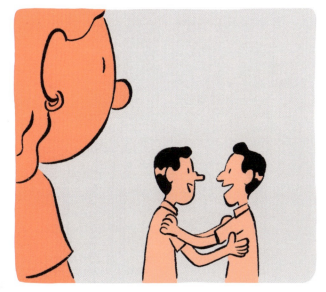

C'ÉTAIT FRANCESCO.

PETIT À PETIT, IL S'EST RAPPROCHÉ DE MOI EN DISANT QU'IL VOULAIT PASSER DU TEMPS AVEC SA NIÈCE.

MAIS J'AI BIEN COMPRIS SON PETIT JEU, HIHI.

J'AI TOUT DE SUITE SENTI QUE JE LUI PLAISAIS.

J'AVOUE QU'IL ME PLAISAIT BEAUCOUP AUSSI.

JE CROIS QUE J'ÉTAIS AMOUREUSE DE LUI.

AU BOUT DE QUINZE JOURS, FRANCESCO EST REPARTI À MILAN POUR SES ÉTUDES.

ET MOI, JE SUIS RENTRÉE EN FRANCE À LA FIN DE L'ÉTÉ.

DEUX JOURS AVANT SON DÉPART, IL Y A EU UN BAL DANS LE VILLAGE.

IL M'A INVITÉE À L'ACCOMPAGNER.

ON A DANSÉ ENSEMBLE, IL A DIT QU'IL M'AIMAIT BEAUCOUP.

MAIS JE SUIS RESTÉE FIGÉE.

POURTANT, J'AVAIS TELLEMENT ENVIE DE L'EMBRASSER.

TU DOIS TROUVER ÇA BÊTE.

JE TROUVE SURTOUT ÇA DOMMAGE.

RALALA, UN BEL HOMME COMME ÇAAA !

MAMOUUUN !!

QUAND JE SUIS RENTRÉE EN FRANCE, ON A COMMENCÉ À S'ÉCRIRE.

IL M'A ENVOYÉ CETTE PHOTO.

ET PUIS JE ME SUIS MARIÉE AVEC BERNARD, ALORS JE LUI AI DEMANDÉ D'ARRÊTER.

FINALEMENT, ON A UN PEU FAIT COMME DANS LA CHANSON DE BARBARA.

« C'EST PARCE QUE JE T'AIME QUE JE PRÉFÈRE M'EN ALLER. »

« CAR IL FAUT SAVOIR SE QUITTER AVANT QUE NE MEURE LE TEMPS D'AIMER. »

MAIS PEUT-ÊTRE QUE CE TEMPS D'AIMER NE SE SERAIT PAS ARRÊTÉ.

ON NE LE SAURA JAMAIS...

ET MAINTENANT, TU PENSES QU'IL EST TOUJOURS AUSSI BEAU ?

S'IL EST ENCORE EN VIE, IL DOIT TOUJOURS AVOIR SES BEAUX YEUX.

PAR CONTRE, JE PENSE QU'IL A UN PEU PERDU SES BELLES FESSES.

HAHA !

HÉ, MAMOUN !

ÇA TE DIT PAS QU'ON ESSAIE DE LE RETROUVER ?

HOULÀ, NON !

QU'EST-CE QUE C'EST QUE CETTE IDÉE ?

LE TEMPS A PASSÉ, LES GENS CHANGENT.

TOUTE UNE VIE S'EST ÉCOULÉE.

JE TE L'AI DIT, C'EST PLUS DE MON ÂGE, CES HISTOIRES.

TIP!

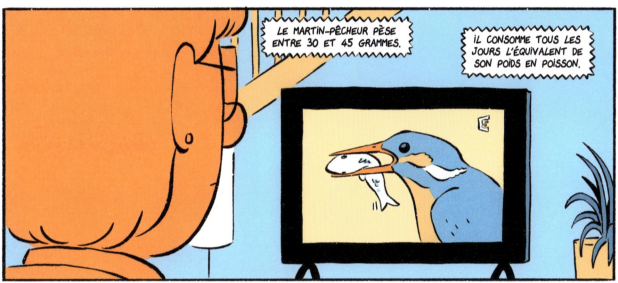

LE MARTIN-PÊCHEUR PÈSE ENTRE 30 ET 45 GRAMMES.

IL CONSOMME TOUS LES JOURS L'ÉQUIVALENT DE SON POIDS EN POISSON.

MAIS IL APPRÉCIE AUSSI LES AMPHIBIENS, LES...

TIP

TOUS CES GENS EN COUPLE OU BIEN À LA RECHERCHE DE L'AMOUR, C'EST D'UNE TRISTESSE...

EN PLUS, JE SUIS PAS HABILLÉE POUR.

MAIS C'EST PAS GRAVE, JE PEUX T'ATTENDRE.

SI TU VEUX, JE VIENS T'AIDER À TE FAIRE TOUTE BELLE.

C'EST GENTIL, SIMONE. MAIS JE SUIS PAS TROP D'HUMEUR.

TU ES SÛRE ? TU PRÉFÈRES RESTER CHEZ TOI ?

VIENS, ON VA SE CHERCHER UN VERRE.

ÇA TE DÉTENDRA ET TU POURRAS DANSER COMME UNE FOLLE !

BONJOUR, DEUX KIRS, S'IL VOUS PLAÎT.

BONJOUR, MESDAMES. VOUS ÊTES MAGNIFIQUES.

VOUS ÊTES PAS MAL NON PLUS, HIHI.

EST-CE QUE L'UNE DE VOUS ME FERAIT L'HONNEUR D'UNE DANSE ?

TU Y VAS ?

NON MERCI, PAS POUR LE MOMENT.

TU M'EN VEUX PAS SI JE TE LAISSE UN PETIT PEU ?

T'INQUIÈTE ! JE VAIS REGARDER EN BUVANT NOS DEUX VERRES, ÇA M'IRA TRÈS BIEN.

MAIS IL N'Y A PAS ASSEZ DE CAVALIERS.

À NOS ÂGES, IL Y A PLUS DE FEMMES QUE D'HOMMES.

ET C'EST UN PROBLÈME, AU BAL.

IL Y A BIEN DES TAXI-DANSEURS, MAIS ILS SONT DÉBORDÉS, LES PAUVRES.

DES TAXI-DANSEURS ?

CE SONT DES HOMMES QUI SONT PAYÉS PAR LES ORGANISATEURS DU BAL POUR VOUS INVITER À DANSER.

HAHAHA HAHAHA

ALORS ? ET TA JOURNÉE ?

ÇA A ÉTÉ AU MAGASIN ?

OUI, TRÈS BIEN.

AH, AU FAIT, IL FAUT QUE JE TE RACONTE UN TRUC.

AVANT DE CONNAÎTRE PAPOU, MAMOUN A EU UN AMOUREUX.

BAH OUI, ÇA ME PARAÎT NORMAL.

VISIBLEMENT, À SON ÉPOQUE, PAS TANT QUE ÇA.

CE QU'ELLE M'A EXPLIQUÉ, C'EST QUE PAPOU EST LE PREMIER ET SEUL HOMME QU'ELLE A EU DANS SA VIE.

ET TU SAIS, QUAND ON ÉTAIT CHEZ ELLE, LE DIMANCHE APRÈS L'ENTERREMENT, ELLE A LAISSÉ ENTENDRE QUE LA VIE N'AVAIT PAS ÉTÉ FACILE AVEC PAPOU.

OUI, JE ME SOUVIENS.

ELLE M'A EXPLIQUÉ QU'IL N'A PAS ÉTÉ SUPER FIDÈLE ET, QU'EN FAIT, ELLE N'A JAMAIS ÉTÉ VRAIMENT AMOUREUSE DE LUI.

LA PAUVRE.

118

ELLE M'A RACONTÉ QU'APPAREMMENT, PEU DE TEMPS AVANT DE SE MARIER, ELLE A RENCONTRÉ UN ITALIEN.

FRANCESCO...

SUPER BEAU, AU PASSAGE.

DE QUI ELLE ÉTAIT AMOUREUSE ET QUI ÉTAIT AMOUREUX D'ELLE.

ET IL NE S'EST RIEN PASSÉ ENTRE EUX ?

NON.

ELLE M'A DIT QU'ELLE AVAIT PAS OSÉ.

AH, DOMMAGE !

DU COUP, JE ME SUIS DIT QU'ON POURRAIT ESSAYER DE LE RETROUVER POUR LES FAIRE SE RENCONTRER.

ALORS, J'AI ENVIE DE DIRE :

« SUPER IDÉE ! »

MAIS D'ABORD, EST-CE QUE SUZETTE EST PARTANTE ?

ET SURTOUT, EST-CE QUE TU SAIS SI LE FRANCESCO EN QUESTION N'EST PAS MARIÉ ?

OU MÊME, S'IL EST EN VIE ?

ALORS...

NON.

ET NON !

HAHA, GÉNIAL !

ÉCOUTE, ÇA PEUT ÊTRE VRAIMENT TRÈS CHOUETTE POUR TA GRAND-MÈRE.

MAIS SI, DÈS LE DÉPART, ELLE N'EST PAS MOTIVÉE PAR L'IDÉE, ÇA RISQUE D'ÊTRE COMPLIQUÉ.

MOI, JE PENSE QU'AU FOND, MAMOUN EN A TRÈS ENVIE, MAIS À LA FOIS ELLE A PEUR DE SE CONFRONTER À CET AMOUR DE JEUNESSE...

ET AUSSI, ELLE AURAIT L'IMPRESSION DE TRAHIR PAPOU.

DONC, JE SUIS D'AVIS D'ESSAYER DE RETROUVER FRANCESCO DE NOTRE CÔTÉ, SANS RIEN DIRE, ET DE LUI EN PARLER SI ON LE LOCALISE.

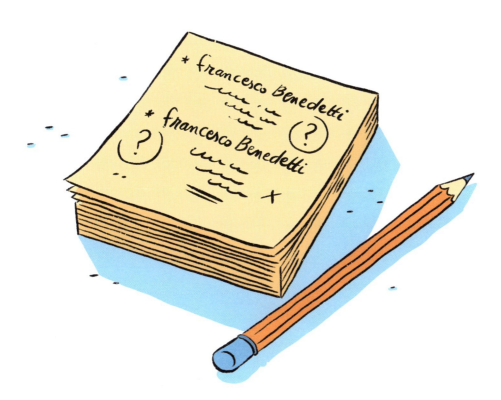

JE VAIS FAIRE UN SAUT CHEZ MAMOUN, CE MATIN. TU VIENS AVEC MOI ?

JE LUI AI DIT QU'ON POURRAIT DÉJEUNER ENSEMBLE.

OUI, JE RÉVISERAI MES PARTIELS CET APRÈM'.

C'EST PAS GRAVE.

EN PLUS, IL FAIT BEAU, ON N'A QU'À Y ALLER EN BATEAU.

BONNE IDÉE !

I AM THE KING OF THE WOOOORLD!

ET SI, POUR UNE FOIS, ON ENVISAGEAIT LE FAIT QUE CE SOIT UNE « QUEEN OF THE WORLD » ?

ÇA PEUT ÊTRE UN COUPLE ROYAL, NON ?

S'IL Y A ÉGALITÉ DANS LE COUPLE, ÇA ME VA.

WE ARE THE « COUPLE ROYAL » OF THE WOOORLD !!

HAHA !

HAHA !

ÇA FAIT COMBIEN DE TEMPS QUE TU LA CONNAIS, SIMONE ?

OH, UNE BONNE TRENTAINE D'ANNÉES.

ELLE A EMMÉNAGÉ QUELQUES MOIS À PEINE APRÈS NOTRE ARRIVÉE DANS LE QUARTIER.

TU T'EN SOUVIENS PEUT-ÊTRE, SON MARI ÉTAIT UN BON COPAIN DE BERNARD.

IL NOUS A BIEN AIDÉS QUAND ON A RÉNOVÉ LA MAISON.

SIMONE, C'EST PRESQUE MA SEULE COPINE, MAINTENANT.

J'ESPÈRE QU'ELLE POURRA REVENIR HABITER CHEZ ELLE.

T'IMAGINES SI ELLE DÉMÉNAGE EN APPARTEMENT ?

OU PIRE, EN EHPAD…

137

VOUS ÊTES MIGNONS, MES ENFANTS, MAIS JE N'AURAIS JAMAIS LA FORCE DE LUI PARLER SI JE LE REVOYAIS.

ET PUIS, QUE DIRAIENT LES GENS QUE JE CONNAIS SI JE LAISSAIS BERNARD POUR ALLER AVEC CET HOMME.

PAPOU N'EST PLUS LÀ.

ET JE PENSE QUE DE LÀ OÙ IL EST, IL COMPRENDRAIT.

SANS COMPTER QU'IL NE S'EST PAS GÊNÉ POUR ALLER VOIR AILLEURS.

NOÉMIE A RAISON.

JE PEUX POSER UNE SEMAINE DE VACANCES, POUR T'ACCOMPAGNER EN ITALIE, MAMOUN.

ON PARTIRAIT TOUS LES TROIS AVEC MA CAMIONNETTE POUR LE RETROUVER.

D'ACCORD !

MAIS SI JAMAIS, EN LE VOYANT, JE PRÉFÈRE FAIRE DEMI-TOUR, PROMETTEZ-MOI DE NE PAS ME FORCER.

PROMIS !

HAHA !

NOÉMIE, JE PEUX TE LAISSER FERMER LA BOUTIQUE, CE SOIR ?

PCHH

J'AI UN RENDEZ-VOUS.

ÉVIDEMMENT ! ON N'ARRIVE PAS EN RETARD À UN RENDEZ-VOUS « BOUQUET DE ROSES ROUGES ».

BIEN VU, JEUNE FILLE.

DU COUP, ÇA M'ARRANGE PAS. JE PENSAIS QU'ON FERAIT ÇA PLUS TARD.

ÇA PEUT PAS ÊTRE DANS UN MOIS ?

COMME ÇA, J'EN AURAI FINI AVEC MES EXAMENS.

BEN NON, TU SAIS BIEN QU'ON A LE MARIAGE DE MANON.

ET JE PEUX PAS POSER DES CONGÉS AUSSI FACILEMENT, MOI.

À CETTE PÉRIODE, M. TRÉPAUD VA EN BRETAGNE ET JE SUIS OBLIGÉE D'ÊTRE AU MAGASIN.

BEN...

JE SAIS PAS QUOI TE DIRE.

ÇA PEUT ÊTRE L'OCCASION DE TE RETROUVER DANS TON ESPACE AVEC TA MAMOUN.

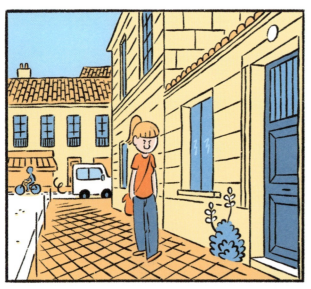

BiP !
BiP !

TÛÛT   TÛÛT

ALLÔ, MAMOUN ?

BONSOIR,
MA PUCE.

JE NE
TE DÉRANGE
PAS ?

NON, C'EST PAS COMME SI J'ÉTAIS
SUBMERGÉE PAR
LES OBLIGATIONS
SOCIALES,
TU SAIS.

MAIS, DIS-MOI,
TU AS L'AIR UN PEU
FÂCHÉE, NON ?

JE VIENS DE ME DISPUTER
AVEC HUGO, MAIS RIEN
DE GRAVE, T'INQUIÈTE.

TANT MIEUX.

152

ALORS, HUGO N'A PAS PU SE LIBÉRER, FINALEMENT ?

N'A PAS VOULU, PLUTÔT.

PARCE QUE, SES RÉVISIONS, IL PEUT LES FAIRE À NOTRE RETOUR.

ET LE DÉMÉNAGEMENT DE SON POTE, BAH...

JE CROIS PAS QU'AVEC SON GABARIT DE CURE-DENT, IL SOIT PARTICULIÈREMENT INDISPENSABLE.

EN TOUT CAS, IL A DIT QU'IL ESSAIERAIT DE VENIR EN MILIEU DE SEMAINE.

Y A DES BILLETS D'AVION PAS TROP CHERS.

ÇA SERAIT BIEN.

OUI, J'AIMERAIS PARTAGER ÇA AVEC LUI.

PARFOIS, JE ME DIS QU'ON A TOUT POUR ÊTRE BIEN ENSEMBLE.

ET QUE JE SERAI AVEC LUI POUR LA VIE.

OU, EN TOUT CAS, POUR TRÈS LONGTEMPS.

ET À D'AUTRES MOMENTS, JE ME DIS QU'ON EST VRAIMENT TROP DIFFÉRENTS.

LUI TIENT BEAUCOUP À LA LIBERTÉ, À SES POTES...

JE TROUVE AUSSI QUE C'EST IMPORTANT, MAIS DES FOIS, IL EXAGÈRE.

SURTOUT DEPUIS QU'ON S'EST INSTALLÉS ENSEMBLE.

UN PEU COMME S'IL AVAIT PEUR D'ÊTRE COINCÉ DANS NOTRE RELATION.

ET JE ME DIS, QU'AVEC LE TEMPS, CETTE PETITE DIFFÉRENCE PEUT DEVENIR QUELQUE CHOSE QUI NOUS ÉLOIGNE DE PLUS EN PLUS.

IL FAUT AUSSI SE DIRE QU'AVEC LE TEMPS ON PEUT S'HABITUER AUX DÉFAUTS DE L'AUTRE ET FINIR PAR LES ACCEPTER.

MAIS JE N'AI PAS ENVIE DE M'HABITUER.

ÇA SERAIT TRISTE.

J'AI ENVIE QU'ON ÉVOLUE ENSEMBLE, DANS LE MÊME SENS.

CE N'EST PAS TOUJOURS POSSIBLE, TU SAIS.

ÊTRE ENSEMBLE, C'EST FAIRE DES COMPROMIS.

MAIS ON NE PEUT PAS TOTALEMENT SE RENIER.

IL FAUT S'ÉCOUTER SOI-MÊME, SINON ON ÉTOUFFE.

QUAND TU M'AS RACONTÉ TON MARIAGE AVEC PAPOU, ÇA M'A UN PEU FILÉ UN COUP AU MORAL.

JE VOUS VOYAIS COMME UNE ESPÈCE D'IDÉAL DE COUPLE.

Le bonheur en fleurs

163

JE VOUS CITAIS SOUVENT EN EXEMPLE AUX GENS QUI ME DISAIENT QU'ÊTRE HEUREUX POUR LA VIE, DANS UN MARIAGE, CE N'ÉTAIT PAS POSSIBLE.

JE NE SAIS PAS SI C'EST POSSIBLE OU IMPOSSIBLE.

PEUT-ÊTRE QUE SI BERNARD Y AVAIT MIS UN PEU DU SIEN, ÇA AURAIT ÉTÉ POSSIBLE.

LE RISQUE AVEC LES GENS DE VOTRE GÉNÉRATION...

... ET JE L'AI UN PEU VU AVEC SIMONE, MÊME SI ELLE EST DE MA GÉNÉRATION...

... C'EST, QU'À FORCE DE VIVRE AVEC DES MOYENS DE COMMUNICATION QUI PERMETTENT D'ÊTRE SANS ARRÊT SOLLICITÉ ON EN ARRIVE À NE PLUS SE SATISFAIRE DE CE QU'ON A.

PARFOIS, ON S'IMAGINE QU'ON SERA MIEUX AVEC UN AUTRE PARTENAIRE.

ALORS QU'EN FAIT, NON.

ET C'EST UN PEU CE QUE J'ESSAYAIS DE TE DIRE AVEC FRANCESCO.

JE NE SUIS PAS SÛRE QUE J'AURAIS EU UNE MEILLEURE VIE AVEC LUI.

ET, AU FINAL, JE NE REGRETTE PAS TOTALEMENT D'ÊTRE RESTÉE AVEC BERNARD.

C'EST PLUS NUANCÉ.

IL EST TROP TÔT ET TROP DIFFICILE DE SAVOIR SI CE SERA « L'HOMME DE TA VIE ».

EN TOUT CAS, IL FAUT LAISSER LES CHOSES ÉVOLUER TRANQUILLEMENT, AVEC HUGO.

MERCI, MAMOUN.

MERCI À TOI AUSSI.

ET SI ON METTAIT UN PEU DE MUSIQUE ?

BONNE IDÉE.

CLIC!

ET TOUT DE SUITE, SUR VOTRE ANTENNE, SERGE REGGIANI.

AH, J'ADORE.

IL SUFFIRAIT DE PRESQUE RIEN, PEUT-ÊTRE DIX ANNÉES DE MOINS, POUR QUE JE TE DISE JE T'AIME...

EN PLUS, ON EST DANS LE THÈME.

HAHA !

CARRÉMENT BONNASSE !!

HÉHÉ !

OH, TU VOIS, C'EST POUR ÇA QUE J'AIME PAS ME METTRE EN MAILLOT DE BAIN.

ILS SE MOQUENT DE MOI.

ON S'EN FOUT, CE SONT DES JEUNES.

ET PUIS TU SAIS CE QUE ÇA VEUT DIRE, MILF ?

NON.

MOTHER I'D LIKE TO FUCK ?

?

MAMAN À QUI J'AIMERAIS FAIRE L'AMOUR.

EN DES TERMES UN PEU MOINS « DOUX ».

CELLES-LÀ SONT
À LA CREVETTE.

LA PHOTO PEUT PRESQUE DONNER ENVIE.

MAIS ÇA SENT LA
NOURRITURE POUR POISSON.

HAHA !

SLURP !
SLURP !

ALORS ?

VRAIMENT PAS TERRIBLE.

ÇA TE FAIT QUOI DE TE DIRE QUE, PEUT-ÊTRE, TU VAS REVOIR FRANCESCO.

POUR LE MOMENT, JE RESSENS PLUS DE LA PEUR QU'AUTRE CHOSE.

D'UN CÔTÉ, J'ESPÈRE QU'AUCUNE DES DEUX PERSONNES QUE TU AS TROUVÉES N'EST LA BONNE.

ET D'UN AUTRE CÔTÉ, JE CROIS QU'UNE PETITE PART DE MOI ESPÈRE QUAND MÊME.

MAIS ÇA ME FAIT ME POSER BEAUCOUP DE QUESTIONS.

EST-CE QUE TOUT ÇA A UN SENS ?

EST-IL TOUJOURS LE FRANCESCO QUE J'AI CONNU ?

SI OUI, EST-CE QU'IL ME VERRA TOUJOURS COMME LA SUZETTE DE L'ÉPOQUE ?

EST-CE QU'IL EST MARIÉ ? A-T-IL ENVIE DE ME REVOIR ?

AI-JE ENVIE DE ME RELANCER DANS UNE HISTOIRE ?

ET MILLE AUTRES QUESTIONS...

ET C'EST ÇA QUI ME FAIT TRÈS PEUR.

OUI, JE COMPRENDS.

MAIS JE SUIS SÛRE QUE SI ON LE RETROUVE, À L'INSTANT OÙ TU VAS LE REVOIR, TU AURAS DES RÉPONSES À PAS MAL DE TES QUESTIONS ET TA PEUR VA DISPARAÎTRE.

J'ESPÈRE...

PEUT-ÊTRE FAUT-IL QUE TU ENVISAGES TOUT ÇA SANS TROP TE PROJETER.

TU AS RAISON.

EN MÊME TEMPS, LÀ JE TE DONNE LE MÊME CONSEIL QUE TU M'AS DONNÉ AVEC HUGO.

JE RECYCLE, HAHA.

AH, ATTENDS !

J'AI APPORTÉ UN TRUC.

QUAND TU ÉTAIS JEUNE, TU PLAISAIS AUX GARÇONS ?

JE NE SAIS PAS TROP.

JE N'AI JAMAIS FAIT VRAIMENT ATTENTION.

COMME JE T'AI DIT, ON NE NOUS ÉDUQUAIT PAS SUR CES CHOSES-LÀ.

LA PREMIÈRE FOIS QUE J'AI VRAIMENT EU L'IMPRESSION DE ME FAIRE DRAGUER, C'ÉTAIT AVEC FRANCESCO.

ET PUIS, UNE FOIS QUE JE ME SUIS MARIÉE AVEC BERNARD, BEN...

J'ÉTAIS CASÉE, POUR AINSI DIRE.

VU QU'IL LE FAISAIT, C'EST DOMMAGE QUE TU N'AIES PAS ÉTÉ VOIR DE TON CÔTÉ.

ÇA T'AURAIT PERMIS DE VIVRE D'AUTRES EXPÉRIENCES.

OH, NON...

JE N'EN AURAIS PAS ÉTÉ CAPABLE.

POURQUOI ? TOI TU VAS VOIR DE TON CÔTÉ, AVEC HUGO ?

NON.

MAIS JE NE ME L'INTERDIS PAS, DANS L'ABSOLU.

JE NE CROIS PAS QU'HUGO M'AIT DÉJÀ TROMPÉE, NON PLUS.

EN TOUT CAS, S'IL LE FAISAIT, JE PRÉFÉRERAIS NE RIEN SAVOIR.

ET PUIS, POUR LE MOMENT, NOTRE VIE SEXUELLE EST PLUTÔT BIEN, DONC JE N'AI PAS VRAIMENT DE RAISON DE CHERCHER AILLEURS.

ET TOI, AVEC PAPOU ?

PRFRF!

HAHA, PARDON, JE NE VOULAIS PAS TE CHOQUER.

KOF!

KOF!

NON, MAIS TU AS RAISON.

MÊME SI JE SUIS GÊNÉE, JE TROUVE ÇA TRÈS BIEN D'AVOIR CETTE LIBERTÉ DE SE DIRE CE GENRE DE CHOSES.

COMME JE T'AI DIT, ON N'ABORDAIT PAS DU TOUT CE SUJET À MON ÉPOQUE.

MÊME AVEC TA MÈRE, ON N'EN A JAMAIS PARLÉ.

IL FALLAIT QUE TU ARRIVES POUR QUE LES CHOSES CHANGENT, HIHI.

EN PLUS DU CÔTÉ TABOU, JE PENSE QUE LA FAÇON DONT ON FAISAIT L'AMOUR À MON ÉPOQUE ÉTAIT TRÈS DIFFÉRENTE.

À L'ÉGLISE, ON NOUS DISAIT : « ON FAIT L'AMOUR POUR AVOIR DES ENFANTS. »

FORCÉMENT, ÇA CONDITIONNE LA FAÇON DONT TU PERÇOIS LA CHOSE.

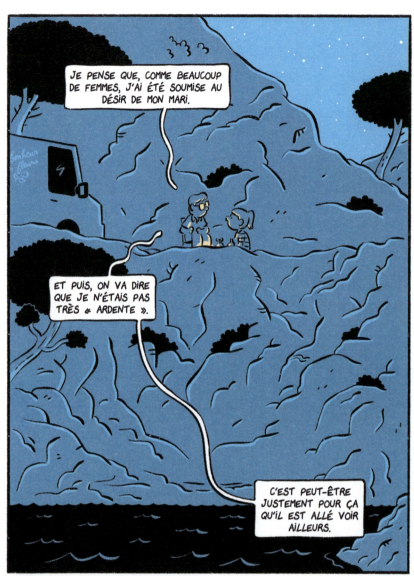

JE PENSE QUE, COMME BEAUCOUP DE FEMMES, J'AI ÉTÉ SOUMISE AU DÉSIR DE MON MARI.

ET PUIS, ON VA DIRE QUE JE N'ÉTAIS PAS TRÈS « ARDENTE ».

C'EST PEUT-ÊTRE JUSTEMENT POUR ÇA QU'IL EST ALLÉ VOIR AILLEURS.

BEN NON ! C'ÉTAIT AUSSI À LUI DE TE RENDRE PLUS ARDENTE, JUSTEMENT.

DEPUIS TOUJOURS, IL Y A UN CÔTÉ TRÈS PATRIARCAL DANS LA RELATION SEXUELLE.

ATTENDS, JE VAIS TE RESSERVIR UN VERRE.

PARCE QUE JE VAIS RENTRER DANS LE VIF DU SUJET, HAHA !

!

NE RECRACHE PAS TON PORTO, MAMOUN.

HIHI !

EN FAIT, LA RELATION SEXUELLE, TELLE QU'ELLE EST PRATIQUÉE, C'EST-À-DIRE EN VALORISANT LA PÉNÉTRATION, EST MOINS UNE HISTOIRE DE PLAISIR ET DE PARTAGE QUE DE DOMINATION ET DE CONQUÊTE DE LA FEMME PAR L'HOMME.

EN ANGLAIS, ILS ONT DES EXPRESSIONS QUI VIENNENT DU BASEBALL.

LA « FIRST BASE », C'EST EMBRASSER.

LA « SECOND BASE », C'EST TOUCHER LES SEINS.

« THIRD BASE », TOUCHER LES ORGANES GÉNITAUX.

ET LE « HOMERUN », C'EST LE BUT ULTIME, LA VICTOIRE : LA PÉNÉTRATION.

ET EN FRANÇAIS, C'EST PRESQUE PLUS VIOLENT.

UN HOMME PREND UNE FEMME, LA POSSÈDE, LA DÉFONCE, L'ÉPERONNE, L'EMBROCHE...

HAHAHA!

SI TU AVAIS VU TA TÊTE QUAND J'AI FAIT MON SPEECH SUR LA PÉNÉTRATION.

HIHI!

C'ÉTAIT MAGIQUE.

TIENS, REGARDE, MAMOUN. C'EST LA FRONTIÈRE ITALIENNE.

ON ARRIVE BIENTÔT.

ALLEZ, DÉTENDS-TOI!

EN PLUS, IL FAIT BEAU ET LA MER EST MAGNIFIQUE.

188

VRRRR

REGARDE, C'EST CETTE SORTIE.

PORTOFINO

TELEPASS

VRRRR

VRRRR

SPEZZ

ON ARRIVE DANS 30 MINUTES.

CHEZ FRANCESCO ? DIRECTEMENT ?

ON PEUT, PEUT-ÊTRE, COMMENCER PAR DÉPOSER LES AFFAIRES À L'APPARTEMENT.

COMME ÇA, TU TE REFAIS UNE BEAUTÉ, AU CAS OÙ.

SANS PARLER DE SE REFAIRE UNE BEAUTÉ, JE DIS PAS NON À UNE PETITE DOUCHE.

TU RECONNAIS ?

OUI, UN PEU.

MÊME SI ÇA A BEAUCOUP CHANGÉ.

LA MAISON DES BENEDETTI N'ÉTAIT PAS DANS LE VILLAGE.

ELLE ÉTAIT SUR LES HAUTEURS.

SI ?

EUH... BONJOUR !

VOUS PARLEZ FRANÇAIS ? OU ANGLAIS ?

OH, NO, SCUSA !

SOLO ITALIANO.

MMMH...

EUH...

CIAO, VE...

VENIAMO PER IL NOLEGGIO.

OH, SI, MOLTO BENE, PRIMO PIANO GIUSTO, PER FAVORE.

GRAZIE.

BZZZZ

MAIS DIS DONC, JE SAVAIS PAS QUE TU PARLAIS SI BIEN ITALIEN.

C'EST FRANCESCO QUI T'A APPRIS ?

NON, LUI PARLAIT TRÈS BIEN FRANÇAIS.

MAIS PAS LA PETITE EMILIA, ALORS IL FALLAIT BIEN QUE JE PUISSE COMMUNIQUER AVEC ELLE.

MAIS BON, C'EST UN ITALIEN UN PEU ROUILLÉ. ÇA FAIT LONGTEMPS QUE J'AI PAS PRATIQUÉ.

ÇA VA REVENIR VITE.

ALORS, HUGO ?

COMME D'HAB, AVEC SON SUPER SENS DE L'ORGANISATION, IL A PAS ENCORE PRIS SES BILLETS.

J'IMAGINE TRÈS BIEN CE QUI S'EST PASSÉ...

IL ALLAIT LE FAIRE...

UN POTE L'A APPELÉ POUR BOIRE UN COUP...

IL EST SORTI ET A OUBLIÉ.

ILS AVAIENT PAS MENTI, DANS L'ANNONCE.

ON A VU SUR MER.

BON, JE PRENDS AUSSI UNE PETITE DOUCHE ET ON PART À LA RECHERCHE DE FRANCESCO ?

TU PRÉFÈRES PAS QU'ON PROFITE DES PREMIERS JOURS POUR SE BALADER TOUTES LES DEUX ?

TU SAIS, ON EST LÀ POUR UNE SEMAINE, C'EST TOUT.

ET JE NE SAIS PAS SI ON VA LE TROUVER RAPIDEMENT, OU PAS.

ÇA SERAIT DOMMAGE DE PERDRE DU TEMPS.

BON...

D'ACCORD.

IL Y A UN FRANCESCO QUI HABITE VERS LE PORT.

ON VA COMMENCER PAR LUI.

L'AUTRE EST UN PEU PLUS DANS LA CAMPAGNE, À 20 MINUTES DE ROUTE.

JE CROIS QU'ON Y EST.

BENEDETTI

ROSSI

LOMBARDI

MEIER / RIZZO

ENGLAND

GIUDICINI

ATTENDS ! JE SUIS PAS SÛRE QUE CE SOIT UNE BONNE IDÉE.

JE ME SENS PAS PRÊTE.

ET SI UNE FEMME RÉPOND ?

QUE C'EST LA SIENNE ?

ET S'IL REGARDE PAR LA FENÊTRE, QU'IL ME VOIT ET NE VEUT PAS ME PARLER ?

DU CALME, MAMOUN.

SI TU VEUX, VA TE METTRE UN PEU PLUS LOIN ET LAISSE-MOI FAIRE.

D'ACCORD, FAISONS COMME ÇA.

CE SERA MOINS DUR.

PUCCI

TRATT

MAMOUN.

IL N'Y A PERSONNE.

BON...

TANT PIS !

TU ES SOULAGÉE, HEIN ?

OUI, UN PEU.

J'AI CRU QUE J'ALLAIS M'ÉVANOUIR QUAND TU AS SONNÉ.

BON, ON VA SE PROMENER MAINTENANT ?

TUTU !

ON VA VOIR L'AUTRE FRANCESCO.

VRRRR

J'AI MAL AU CŒUR.

COURAGE, MAMOUN. SI ÇA SE TROUVE, IL NE SERA PAS LÀ NON PLUS.

NON, C'EST PAS ÇA. C'EST À CAUSE DES VIRAGES.

JE ME SENS PAS TRÈS BIEN.

ON DEVRAIT PAS TARDER À ARRIVER.

EN MÊME TEMPS, PEUT-ÊTRE QUE CE N'ÉTAIT PAS TON FRANCESCO ?

« MON » FRANCESCO...

NE T'INQUIÈTE PAS, MA PUCE.

JE NE SUIS PAS VRAIMENT TRISTE.

JE TE DIS, AU FOND DE MOI, J'ÉTAIS TRÈS PARTAGÉE QUANT À MON ENVIE DE LE REVOIR.

J'AVAIS AUSSI ENVISAGÉ, VU NOTRE ÂGE, LA POSSIBILITÉ QU'IL SOIT MORT.

OU MARIÉ.

VISIBLEMENT C'EST LES DEUX.

MAIS CE N'EST PAS COMME SI C'ÉTAIT QUELQU'UN QUE JE FRÉQUENTAIS TOUJOURS.

C'EST JUSTE UN LOINTAIN SOUVENIR.

Le bonheur en fleurs

QUELQUE CHOSE DE DOUX QUI M'ACCOMPAGNE DEPUIS TOUT CE TEMPS ET AUQUEL JE PENSE PARFOIS POUR ME FAIRE DU BIEN.

ON POURRA TOUJOURS RÉESSAYER L'APPARTEMENT DU CENTRE-VILLE.

OUI, C'EST VRAI.

EN ATTENDANT, ON PEUT ALLER SE BALADER.

VRRR

VRRRR

TU SAURAIS RETROUVER L'ENDROIT OÙ HABITAIENT LES BENEDETTI ?

J'AIMERAIS VOIR OÙ TU TRAVAILLAIS À L'ÉPOQUE.

PAS SÛR QUE JE M'EN SOUVIENNE, MAIS ON POURRA DEMANDER.

AVEC TON ITALIEN DE COMPÉTITION, ON VA BIEN Y ARRIVER.

JE RECONNAIS CETTE ROUTE.

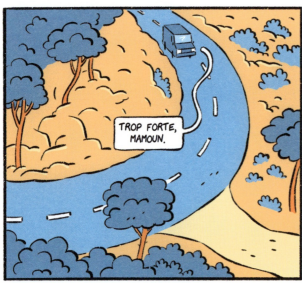

C'EST ICI.

ÇA ALORS...

ELLE A L'AIR ABANDONNÉE.

ET VISIBLEMENT, ÇA FAIT LONGTEMPS.

PLIC PLIC PLIC

MAMOUN.

MAMOUN.

ICI, C'ÉTAIT LE SALON.

DANS CE COIN-LÀ, IL Y AVAIT UN GRAND PIANO À QUEUE.

FRANCESCO EN JOUAIT SOUVENT.

JE VAIS TE MONTRER MA CHAMBRE.

NE PLEURE PAS, MA PETITE CHÉRIE.

NON, MAIS C'EST RIEN.

ÇA VA PASSER.

CE N'EST PAS DE LA TRISTESSE.

CE SONT JUSTE DES LARMES DE COLÈRE.

ON S'EN FOUT DES MECS.

CE SONT QUE DES GROS CONS ÉGOÏSTES.

PARDON POUR LE « GROS CONS ».

JE PEUX PAS VRAIMENT TE DONNER TORT, CECI DIT.

HAHA !

TU VEUX M'ATTENDRE UN PEU PLUS LOIN ?

ÇA IRA.

JE T'AVOUE QUE JE N'Y CROIS PLUS TROP.

ON VA VOIR ÇA...

TILILI

BON, JE SUIS QUAND MÊME UN PEU NERVEUSE.

238

EXPLIQUE-LUI, MA CHÉRIE, S'IL TE PLAÎT.

ALORS, TOUT A COMMENCÉ IL Y A QUELQUES SEMAINES QUAND MON GRAND-PÈRE, LE MARI DE SUZETTE, EST DÉCÉDÉ.

OH, MES CONDOLÉANCES.

MERCI.

ELLE M'A RACONTÉ VOTRE RENCONTRE, EN ME DISANT QU'ELLE NE VOUS AVAIT JAMAIS VRAIMENT OUBLIÉ.

ET JE L'AI CONVAINCUE DE VOUS RETROUVER.

ELLE AVAIT TRÈS PEUR, ET EN MÊME TEMPS TRÈS ENVIE DE VOUS REVOIR.

VOILÀ POURQUOI NOUS SOMMES ICI.

ÇA VA ?

J'AI PAS DIT DE BÊTISES ?

NON, C'EST À PEU PRÈS ÇA.

240

242

JE SUIS RESTÉE PRÈS DE 60 ANS AVEC BERNARD, ET MALGRÉ ÇA, JE NE CROIS PAS, NON PLUS, QU'ON PUISSE DIRE QUE J'AIE ÉTÉ TRÈS HEUREUSE EN AMOUR.

À LA MORT DE MON MARI, JE ME SUIS DIT QUE J'ALLAIS MENER MA PETITE VIE DE VEUVE EN PROFITANT DU TEMPS QU'IL ME RESTAIT.

SI JE PENSAIS TOUJOURS À TOI, ME DEMANDANT OÙ TU ÉTAIS, AVEC QUI...

... JE N'AURAIS JAMAIS IMAGINÉ TE RECHERCHER.

SANS NOÉMIE, TOUT ÇA NE SERAIT JAMAIS ARRIVÉ.

BRAVE PETITE.

HAHA.

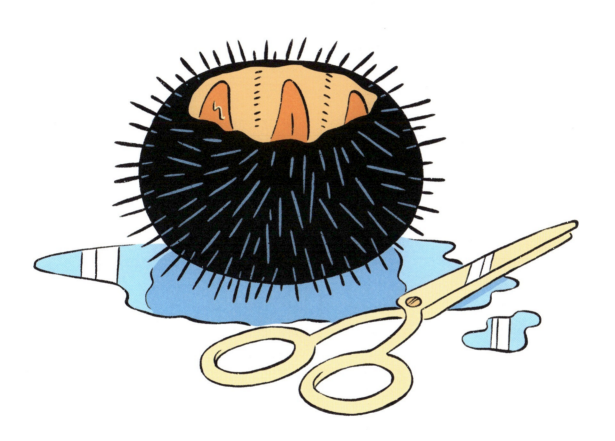

ET COMMENT TU LE TROUVES, ALORS ?

AUSSI BEAU QUE DANS TES SOUVENIRS ?

IL A TOUJOURS SES MAGNIFIQUES YEUX BLEUS.

SES MAINS FINES DE PIANISTE.

EN REVANCHE, IL A UN PEU PERDU SA CARRURE DE NAGEUR.

IL A UN PEU DE VENTRE, MAIS SES FESSES SONT TOUJOURS PAS MAL POUR SON ÂGE, HIHI.

IL EST PEUT-ÊTRE PLUS AUSSI BEAU, MAIS IL A TOUJOURS ÉNORMÉMENT DE CHARME.

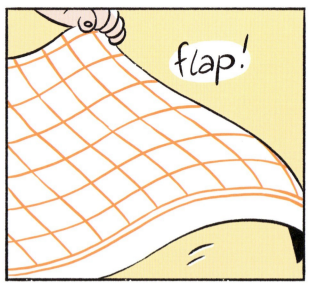

flap!

QUE DIRIEZ-VOUS DE PIQUER UNE PETITE TÊTE AVANT DE NOUS RESTAURER ?

ÇA NOUS OUVRIRAIT L'APPÉTIT.

EN PLUS, DANS CE COIN, IL Y A DE TRÈS BONS OURSINS.

ILS IRONT PARFAITEMENT AVEC CE...

PINOT GRIGIO !

ON COMMENCE DU MILIEU EN FAISANT UNE PETITE ENTAILLE.

CROC! CROC!

ET APRÈS, ON DÉCOUPE SUR TOUT LE TOUR.

CROC! CROC! CROC!

ON RETIRE LE COUVERCLE.

FRCHH

ET ON DÉCOLLE CETTE PARTIE ORANGE.

C'EST CE QU'ON VA MANGER.

TU TE SOUVIENS, SUZETTE ?

NOUS ÉTIONS ALLÉS PASSER L'APRÈS-MIDI EN FAMILLE SUR CETTE PETITE ÎLE.

IL Y AVAIT DES OISEAUX QUI NICHAIENT ET NOUS AVIONS RÉCUPÉRÉ LES ŒUFS.

OH, LES PAUVRES !

OUI C'EST VRAI, C'ÉTAIT PAS TRÈS SYMPA MAIS NOUS AVIONS FAIT UNE BONNE OMELETTE.

AH, ÇA C'EST LA SPÉCIALITÉ DE MAMOUN.

ALORS, IL FAUDRA QUE TU M'EN FASSES UNE.

PROMIS.

SI VOUS N'AVEZ RIEN DE PRÉVU, JE VOUS INVITE AU RESTAURANT, CE SOIR.

NOUS N'AVONS RIEN DE PRÉVU.

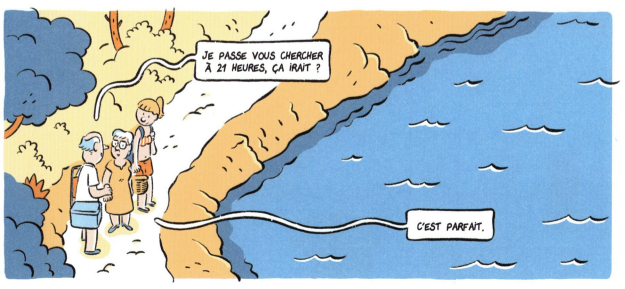

JE PASSE VOUS CHERCHER À 21 HEURES, ÇA IRAIT ?

C'EST PARFAIT.

PAR ICI.

T... TU TE SOUVIENS DU BAL ?

JE NE L'AI JAMAIS OUBLIÉ.

ET J'AURAIS AIMÉ QU'IL DURE BEAUCOUP PLUS LONGTEMPS.

À L'ÉPOQUE, CE N'ÉTAIT PAS UN RESTAURANT AUSSI CHIC.

C'ÉTAIT UNE PETITE AUBERGE FAMILIALE QUI ORGANISAIT DES BALS CHAQUE ÉTÉ.

TOUS LES JEUNES DU COIN VENAIENT POUR SE RENCONTRER.

AVEC LE DÉVELOPPEMENT DU TOURISME, LES PROPRIÉTAIRES ONT VENDU ET C'EST DEVENU UN ÉTABLISSEMENT D'UN AUTRE STANDING.

C'EST DOMMAGE POUR LES BALS MAIS TRÈS BIEN POUR LA NOURRITURE.

VOUS ALLEZ VOIR.

CE QU'ILS CUISINENT EST DELIZIOSO !

263

INNANZI TUTTO, VOLETE UN APERITIVO ?

UNE PETITE COUPE DE CHAMPAGNE POUR COMMENCER ?

OUI.

BONNE IDÉE.

ALLORA, TRE BICCHIERI DI CHAMPAGNE, PER FAVORE.

TU TE RAPPELLES, PLUS LOIN EN SUIVANT LE PORT, IL Y A UN PETIT CHEMIN QUI LONGE LA CÔTE ET QUI REMONTE JUSQU'À LA VILLA ?

OUI.

C'EST TOI QUI ME L'AS FAIT DÉCOUVRIR QUAND ON EST VENUS AU BAL.

OUI, C'EST VRAI.

ET JE ME SOUVIENS QUE TU T'ÉTAIS CASSÉ LE TALON DE TA CHAUSSURE, AU RETOUR.

HAHA !

J'AVAIS DÛ TE PORTER JUSQU'À LA VILLA.

EN PARLANT DE LA VILLA, CET APRÈS-MIDI, NOUS Y SOMMES RETOURNÉES.

QU'EST-IL ARRIVÉ ? POURQUOI EST-ELLE ABANDONNÉE ?

L'ENTREPRISE DE MON FRÈRE A EU QUELQUES DIFFICULTÉS IL Y A UNE VINGTAINE D'ANNÉES.

IL A EU DES SOUCIS FINANCIERS ET S'EST RÉSOLU À VENDRE.

LA PERSONNE QUI L'A RACHETÉE EST DÉCÉDÉE IL Y A 5 OU 6 ANS ET JE CROIS QU'IL Y A EU DES TENSIONS ENTRE LES HÉRITIERS LORS DE LA SUCCESSION.

CERTAINS DE SES ENFANTS QUI AVAIENT ÉMIGRÉ AUX ÉTATS-UNIS VOULAIENT LA GARDER, D'AUTRES NON.

ET ELLE EN EST RESTÉE LÀ, COMME FIGÉE DANS LE TEMPS.

PERSONNE N'Y VIENT PLUS.

C'EST TRISTE.

OUI.

J'AI VOULU LA RACHETER MAIS CE N'ÉTAIT PAS POSSIBLE.

PEUT-ÊTRE UN JOUR ?

EN ATTENDANT, TRINQUONS !

À NOÉMIE ET À SON EXCELLENTE IDÉE DE VENIR À MA RECHERCHE.

HAHA !

TING!

TING!

ARF...

J'AI TROP MANGÉ !

C'ÉTAIT DÉLICIEUX. MERCI FRANCESCO POUR L'INVITATION.

PREGO, SIGNORINA.

EFFECTIVEMENT, CE QU'ON A PERDU EN BAL, ON L'A GAGNÉ EN NOURRITURE.

JE VOUS L'AVAIS DIT.

SALVATORE !

CHCHCHHH...

CERTO, SIGNOR BENEDETTI.

?

?

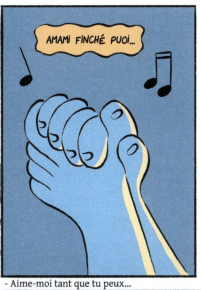

- Aime-moi tant que tu peux...

- quand doucement, pendant cette danse...

- tu me susurres des mots d'amour...

- je n'ai qu'une envie, rester pour toujours comme ça...   - ou bien que le temps s'arrête...   - Aime-moi tant que tu peux.

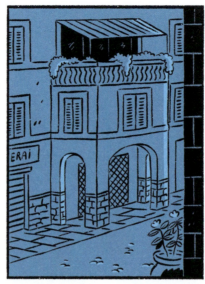

MERCI POUR CETTE SOIRÉE, FRANCESCO.

ET MERCI DE VOTRE PRÉSENCE.

BONNE NUIT, SIGNORINA.

BUONA NOTTE, SIGNORA.

À DEMAIN ?

À DEMAIN.

VOGLIO SOLO RIMANERE COSÌ PER SEMPRE...

O IL TEMPO SI FERMA...

AMAMI FINCHÉ PUOI.

VOUS ÊTES TELLEMENT MIGNONS.

IL NE T'A PAS PROPOSER DE PASSER LA NUIT AVEC LUI ?

HIHI, NON.

ET JE NE SUIS PAS SÛRE D'AVOIR ENVIE.

ET PUIS, À NOTRE ÂGE, LES CHOSES NE SE FONT PAS AUSSI VITE.

ENFIN, SAUF POUR SIMONE.

D'AILLEURS, TU ME FERAS PENSER À L'APPELER.

PAR CONTRE, IL M'A PROPOSÉ DE NOUS ACCUEILLIR CHEZ LUI JUSQU'À NOTRE DÉPART DIMANCHE.

AH, SUPER IDÉE.

JE N'AI PAS ACCEPTÉ.

AH BON ?

MAIS JE N'AI PAS REFUSÉ NON PLUS.

COMME JE NE SAVAIS PAS TROP QUOI DIRE, J'AI RÉPONDU QUE J'ALLAIS T'EN PARLER.

IL FAUT DIRE OUI.

JE NE DIS PAS ÇA POUR TE POUSSER À PASSER LA NUIT AVEC LUI, HEIN.

C'EST JUSTE QUE ÇA TE PERMETTRA DE LE CÔTOYER UN PEU PLUS POUR MIEUX LE CONNAÎTRE.

PARCE QU'IL NOUS RESTE PEU DE TEMPS FINALEMENT, ICI.

4 JOURS, C'EST TOUT.

TU AS RAISON, MA PETITE-FILLE.

JE VAIS DIRE OUI.

VOUS ALLEZ VOIR.

VOUS SEREZ TRÈS BIEN CHEZ MOI.

VOTRE CHAMBRE EST SUR LE CÔTÉ LE PLUS FRAIS DE L'APPARTEMENT.

VOUS ALLEZ VOIR, IL N'Y A PAS BEAUCOUP D'INGRÉDIENTS À ACHETER.

L'IMPORTANT, C'EST DE BIEN LES CHOISIR.

ASPETTA, ASSAGIATE QUESTA DELIZIA !

MMMMH !!

ED ECCO PER TE, FRANCESCO.

GRAZIE !!

BUONA GIORNATA, MARCO !

MAINTENANT, LE PESTO ET LES PINOLI.

LES PIGNONS DE PIN.

VU MON PARCOURS AMOUREUX, JE SUIS TRÈS MAL PLACÉ POUR TE DONNER DES CONSEILS.

PAR CONTRE, JE PEUX TE DIRE, D'EXPÉRIENCE, QU'UN HOMME MET DU TEMPS À PENSER À AUTRE CHOSE QU'À SON NOMBRIL.

IL Y A D'AILLEURS UNE FÉMINISTE AMÉRICAINE, GLORIA STEINEM, QUI A DIT QUE LES HOMMES COMMENCENT LEUR VIE EN ÉTANT REBELLES ET DEVIENNENT PLUS SAGES AVEC L'ÂGE.

ALORS QUE LES FEMMES DÉMARRENT DANS LA VIE EN ÉTANT SAGES ET DEVIENNENT REBELLES.

JE SAIS PAS SI JE SUIS TRÈS REBELLE, MAIS JE SUIS ASSEZ D'ACCORD AVEC ÇA.

ÇA VA ?

VOUS AVEZ ASSEZ MANGÉ ?

VOUS NE VOULEZ PAS ENCORE UN PEU DE TIRAMISU ?

NON MERCI.

JE SUIS RASSASIÉE.

JE CROIS QUE JE VAIS ALLER ME COUCHER. JE SUIS VANNÉE.

MOI AUSSI.

LAISSEZ, JE M'EN OCCUPE.

ALLEZ VOUS REPOSER.

JE VAIS VOUS CONCOCTER UN BEAU PETIT PROGRAMME POUR LES PROCHAINS JOURS.

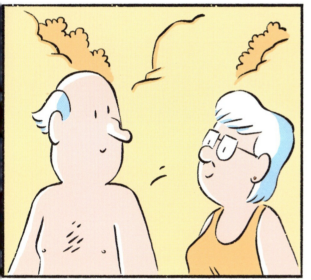

TiP!

TiP!

TiP!

Je préfère
qu'on arrête
tous les 2.

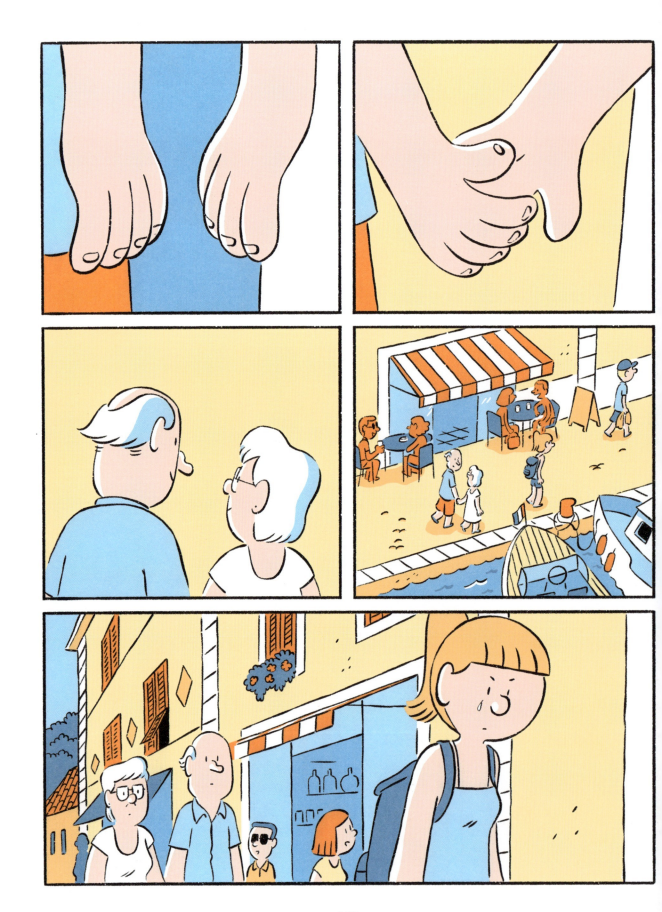

ÇA, C'EST QUAND J'ÉTAIS TOUT JEUNE.

JE DEVAIS AVOIR 13 OU 14 ANS.

TU AVAIS DÉJÀ UN AIR DE COQUIN, HIHI.

LÀ, C'ÉTAIT UN PEU PLUS TARD AVEC MON FRÈRE ET EMILIA.

JE PENSE QUE C'ÉTAIT L'ANNÉE D'AVANT TA VENUE.

OH, REGARDE !

C'EST TOI, MAMOUN ?

OUI, AVEC EMILIA.

ET LÀ, C'EST FRANCESCO.

C'EST RIGOLO, VOUS AVEZ L'AIR DE VOUS IGNORER L'UN L'AUTRE.

CLAC !

JE T'ENNUIE AVEC MES PHOTOS ?

PAS DU TOUT.

ÇA ME FAIT REPLONGER QUELQUES ANNÉES EN ARRIÈRE QUAND NOUS ÉTIONS JEUNES ET BEAUX.

MAIS TU ES TOUJOURS BELLE, SUZETTE.

M...

MERCI.

TU ES GENTIL.

J'AIMERAIS QUE TU DORMES AVEC MOI.

MOI AUSSI, J'AIMERAIS.

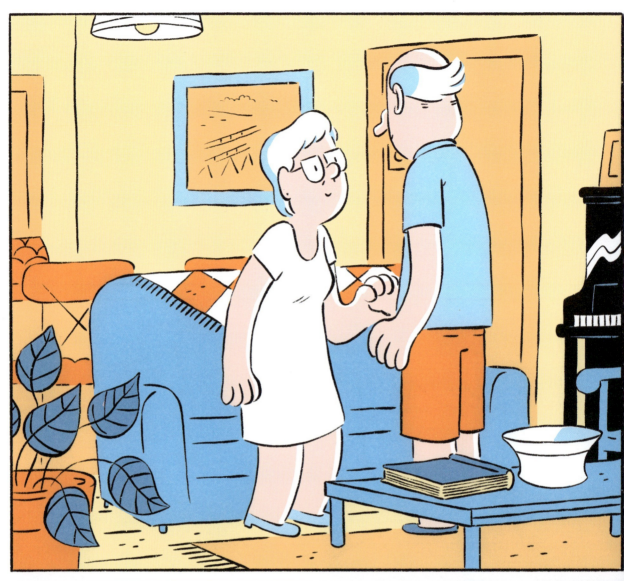

CLAC!

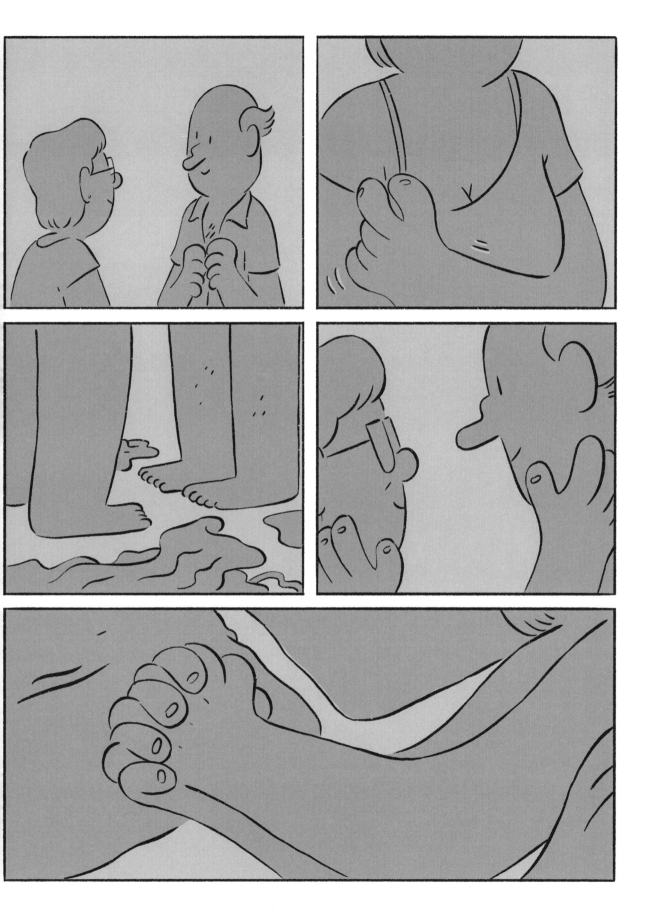

CHHH

GLOU
GLOU
GLOU

CLAC!

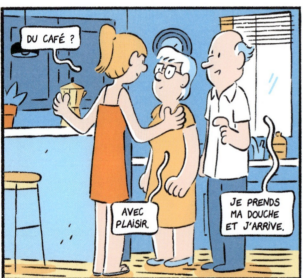

TU ES RADIEUSE, MAMOUN.

C'EST VRAI...

JE NE TE FERAI PAS L'AFFRONT DE TE DEMANDER COMMENT C'ÉTAIT, TU ES MA GRAND-MÈRE...

MAIS, SI JAMAIS TU VEUX M'EN DIRE UN PEU, JE SUIS PRENEUSE.

HAHA, TU N'ES PAS CROYABLE, NOÉMIE.

FRANCESCO EST QUELQU'UN DE TRÈS DOUX, TRÈS GENTIL.

ET IL M'A PROPOSÉ DE DORMIR AVEC LUI.

EN TOUT CAS, ON ÉTAIT TRÈS LOIN DE TON DISCOURS SUR LA PÉNÉTRATION DE L'AUTRE SOIR.

PFRFR

MAIS, À MON ÂGE, ÇA FAIT TOUT BIZARRE DE VIVRE CE GENRE D'EXPÉRIENCE.

PERSONNE D'AUTRE QUE BERNARD NE M'AVAIT VUE NUE PENDANT TOUTES CES ANNÉES.

AU DÉBUT J'ÉTAIS TRÈS GÊNÉE.

ET PUIS...

IL M'A DIT QUE J'AVAIS DE TRÈS BEAUX SEINS, IL NE S'Y ATTENDAIT PAS, HIHI.

HAHAHA !!

TU AS LES YEUX QUI BRILLENT, QUAND TU PARLES.

TU ES AMOUREUSE ?

JE CROIS BIEN.

ÇA PARAÎT BÊTE DE DIRE ÇA À MON ÂGE.

J'AI L'IMPRESSION D'ÊTRE UNE MIDINETTE.

MAIS NON, C'EST PAS BÊTE.

C'EST TRÈS BEAU.

PLOC!
PLIC!

TSSS!
TSSS!

HAHAHA! HAHA!

TIENS, PRENDS MA SERVIETTE.

VOUS ÊTES MIGNONS.

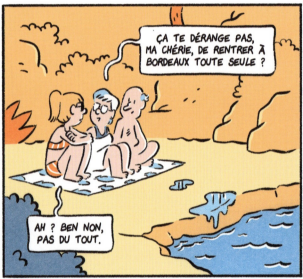

ÇA TE DÉRANGE PAS, MA CHÉRIE, DE RENTRER À BORDEAUX TOUTE SEULE ?

AH ? BEN NON, PAS DU TOUT.

TU VEUX RESTER UN PEU PLUS, C'EST ÇA ?

OUI.

D'AILLEURS, TU PEUX RESTER AUSSI, SI TU VEUX, NOÉMIE.

TU AS VU, IL Y A DE LA PLACE, CHEZ MOI.

MALHEUREUSEMENT, CE N'EST PAS POSSIBLE.

JE TRAVAILLE MARDI, ET SI JAMAIS JE VEUX DORMIR SUR LA ROUTE, IL VAUT MIEUX QUE JE PARTE DEMAIN.

ET PUIS, C'EST BIEN QUE VOUS RESTIEZ UN PEU SEULS, TOUS LES DEUX.

TU AS REGARDÉ COMMENT FAIRE POUR RENTRER ?

IL Y A UN VOL QUI PART LA SEMAINE PROCHAINE.

C'EST CHOUETTE !

JE SUIS CONTENTE POUR VOUS.

POUF!

CLAC!

Le bonheur en fle

SI TU ROULES BIEN, TU ARRIVERAS AVANT LA NUIT ET TU N'AURAS PAS BESOIN DE DORMIR EN ROUTE.

OUI, CE SERAIT PAS MAL.

PRENDS SOIN DE MA MAMOUN.

PROMIS, SIGNORINA.

Le bonheur en fleur

ET TOI, PROFITE BIEN.

MERCI, MA CHÉRIE.

Le bonheur fleurs

JE T'APPELLERAI POUR PRENDRE DES NOUVELLES.

- J'aime sentir l'odeur de tes cheveux noirs...

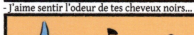

- Voir les gouttes de pluie mouiller ta chemise blanche...

- Je voudrais pouvoir t'admirer éternellement...

- Malheureusement, la vie n'est pas une danse...

- Nos pas, parfois, nous éloignent...

- Sans que nos bras puissent nous retenir...

- Aime-moi tant que tu peux...

- Aime-moi tant que tu peux...

- Avant que l'amour ne disparaisse.

SLUURP!

ÇA SENT LA NOURRITURE POUR POISSON.

fouille fouille

Hugo

Tu ne veux plus me parler ?

Je préfère qu'on arrête tous les 2.

SWIP!

SWIP!

HUGO APPEL EN COURS ...

OH NON !!

FAUSSE MANIP !

TÛÛT TÛÛT

TIP!

SLURP!

VAUT MIEUX QUE JE LUI ENVOIE UN MESSAGE POUR PAS QU'IL S'IMAGINE DES TRUCS.

Erreur de manipulation, j'ai appelé sans le vouloir. Bye.

TIP! TIP!

COMME ON N'A PAS VRAIMENT EU LE TEMPS DE SE PARLER AU TÉLÉPHONE, LA DERNIÈRE FOIS, JE VOULAIS M'EXPLIQUER DE VIVE VOIX.

ET TE DIRE QUE J'ÉTAIS DÉSOLÉ...

OK.

ET ?

HUM...

JE CROIS QUE CE QUI S'EST PASSÉ M'A FAIT RÉALISER COMBIEN JE TENAIS À TOI.

ET COMBIEN, DANS LE MÊME TEMPS, J'AVAIS PEUR D'UNE RELATION TROP FORTE, TROP FUSIONNELLE.

J'AI ENVIE D'ARRIVER À RÉÉQUILIBRER LES CHOSES.

BIEN SÛR, ON TOMBERA TÔT OU TARD SUR UNE PERSONNE PLUS BELLE, PLUS INTÉRESSANTE OU PLUS DRÔLE.

MAIS FINALEMENT, LA BONNE PERSONNE, C'EST CELLE QUI ARRIVE À SYNTHÉTISER AU MIEUX TOUS CES CRITÈRES SANS FORCÉMENT ÊTRE AU MAX SUR CHACUN D'EUX.

EST-CE QUE JE DOIS BIEN PRENDRE CE QUE TU VIENS DE DIRE ?

BON, C'EST PEUT-ÊTRE UN PEU MALADROIT ET PAS SUPER BIEN RESTITUÉ, MAIS, LE VRAI TRUC QUE J'AI RETENU C'EST QUE, TROUVER LA BONNE PERSONNE EST QUELQUE CHOSE DE TROP RARE POUR NE PAS VALOIR UN ENGAGEMENT MAXIMUM.

BREF, CECI ÉTANT DIT...

J'AIMERAIS QU'ON RESTE ENSEMBLE.

POUR LONGTEMPS.

EST-CE QUE TU AS DÉJÀ LU UN LIVRE DE GLORIA STEINEM ?

NON...

JAMAIS ENTENDU PARLER.

SELON SA THÉORIE, LES HOMMES COMMENCENT LEUR VIE EN ÉTANT DE GROS COUILLONS ÉGOÏSTES ET DEVIENNENT PLUS SAGES AVEC L'ÂGE.

LES FILLES, C'EST L'INVERSE.

ENFIN...

JE SAIS PLUS EXACTEMENT CE QUE DIT CETTE FEMME ET JE SUIS PAS SÛRE, NON PLUS, QU'ELLE AIT ÉCRIT UN LIVRE, MAIS TU VOIS L'IDÉE...

OUI, TRÈS BIEN.

QUE TU ES EN TRAIN DE DEVENIR UNE GROSSE COUILLONNE ÉGOÏSTE ?

T'ES VRAIMENT CON QUAND TU T'Y METS.

L'AMOUR EST UN BOUQUET DE VIOLETTES...

L'AMOUR... DING

EST PLUS DOUX QUE CES FLEURETTES...

BONJOUR, NOÉMIE.

J'AI L'IMPRESSION QUE LES VACANCES ONT ÉTÉ BONNES, HAHA !

BONJOUR, MONSIEUR TRÉPAUD.

OUI, ELLES ÉTAIENT PAS MAL.

PARFAIT.

ALLÔ, MAMOUN ?

ÇA ME FAIT PLAISIR DE T'ENTENDRE.

MOI AUSSI, MA CHÉRIE.

J'AI ESSAYÉ DE T'APPELER MAIS TU NE RÉPONDAIS PAS.

OUI, FRANCESCO M'A EMMENÉE SUR UNE PETITE ÎLE ET JE N'AVAIS PAS MON TÉLÉPHONE AVEC MOI.

JE N'AI PAS LE RÉFLEXE.

C'ÉTAIT UNE JOURNÉE MAGNIFIQUE.

ON A PÊCHÉ QUELQUES OURSINS, IL FAISAIT GRAND SOLEIL.

QUEL TEMPS IL FAIT CHEZ VOUS ?

PAS TERRIBLE.

AU FAIT, TU AS EU DES NOUVELLES DE SIMONE ?

OUI, ELLE A PU REVENIR CHEZ ELLE PLUS TÔT QUE PRÉVU.

ELLE M'A ENVOYÉ UN PETIT MESSAGE.

ELLE ÉTAIT TRÈS CONTENTE DE SAVOIR QUE J'AVAIS TROUVÉ QUELQU'UN.

ELLE M'A DIT QUE ÇA LUI LAISSERAIT PLUS DE CAVALIERS SI ON RETOURNAIT AU BAL, HAHA.

HAHA, C'EST UN PHÉNOMÈNE, SIMONE.

MAIS, DIS-MOI, TU AS L'AIR DE BONNE HUMEUR, MA CHÉRIE.

JE ME SUIS REMISE AVEC HUGO.

IL EST VENU S'EXCUSER.

ET MOI AUSSI... UN PEU.

JE CROIS QU'ON A, CHACUN, BEAUCOUP À APPRENDRE DE L'AUTRE.

CE QUE VOUS M'AVEZ DIT, FRANCESCO ET TOI, M'A BEAUCOUP AIDÉE.

CRRR

ET TOI, ALORS ? COMMENT TU TE SENS ?

MOI ?

JE SUIS TELLEMENT HEUREUSE.

FLFLF

FRANCESCO EST UN HOMME MERVEILLEUX.

ET MOI AUSSI JE DOIS TE REMERCIER POUR ÇA.

JE VEUX AUSSI TE DEMANDER SI TU PEUX VENIR NOUS CHERCHER MARDI PROCHAIN À L'AÉROPORT.

TCHAC

NOUS ?

ZZZZ

AH OUI, FRANCESCO VIENT AVEC MOI POUR QU'IL CONNAISSE L'ENDROIT OÙ JE VIS.

IL NE SAIT PAS ENCORE COMBIEN DE TEMPS IL VA RESTER MAIS ON S'EST DIT QU'ON POURRAIT VIVRE ENTRE PORTOFINO ET BORDEAUX.

AH ! C'EST BIEN !

BLBL

fabien Toulmé

Je tiens à remercier toutes les personnes qui participent d'une façon ou d'une autre à la naissance de cette bande dessinée :
Au premier rang desquelles, Yannick Lejeune, mon éditeur qui me suit depuis mes débuts,
pour son accompagnement bienveillant et pertinent.
Philippe Ory, pour son aide à la couleur.
Les équipes Delcourt (Guillaume Hujda, Vanessa Brochen, Maud Beaumont, Evelyne Colas, Laurence Leclercq
et j'en oublie beaucoup...).
Guy Delcourt, qui me renouvelle sa confiance à chaque projet depuis bientôt une décennie (le temps passe !).
Je remercie également chaleureusement ceux qui contribuent à la vie de cette histoire, bien au-delà de sa naissance :
vous, les libraires et lecteurs, qui tenez ce livre entre vos mains. Vos retours de lecture me sont précieux et source de motivation.

Fabien Toulmé

De Fabien Toulmé, chez le même éditeur :
• L'Odyssée d'Hakim (trois volumes)
• Ce n'est pas toi que j'attendais
• Les deux vies de Baudouin
• Axolot (tomes 2 et 4) - collectif
• We are the 90's - collectif

Aux Éditions Dupuis :
• L'Atelier mastodonte (tome 5) - collectif
• Gaston - la galerie des gaffes - collectif

Aux Éditions Lyon BD :
• Venenum. La grande histoire du poison

Morceaux cités dans l'ouvrage :
Page 96 : Parce que je t'aime (1967)
Auteurs compositeurs : Barbara. Label : Tutti Intersong Editions Musicales SARL / Warner Chappell Music France

Page 144 : Gigi L'Amoroso (1974).
Auteurs compositeurs : Michaële et Dalida / Lana et Paul Sebastian. Label : Claude Carrere Editions / Capocci Pierrette Edit

Page 148 et page 332 : L'Amour est un bouquet de violettes (1952)
Auteur compositeur : Mireille Brocey / Francis Lopez. Label : La Voix de son maître / Pathé Marconi EMI

Page 165 : Il suffirait de presque rien (1968)
Auteurs compositeurs : Jean-Max Rivière / Gérard Bourgeois. Label : Polydor

Directeur de collection : Yannick Lejeune

© 2021 Éditions Delcourt

Tous droits réservés pour tous pays
Dépôt légal : juin 2021. ISBN : 978-2-413-03668-5
Première édition

Conception graphique : Studio Delcourt/Soleil

Achevé d'imprimer en mai 2021
sur les presses de l'imprimerie PPO, à Palaiseau, France

www.editions-delcourt.fr